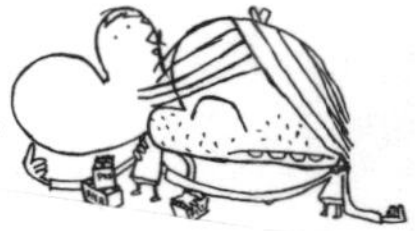

linus volkmann

smells like niederlage

acht kurzgeschichten

mit illustrationen von ole kaleschke

ventil

3. auflage 2005

umschlag/illustrationen: ole kaleschke
innenlayout/satz: oliver schmitt
lektorat: kristina engel, gunther weinell
druck: himmer, augsburg

ventil verlag
augustinerstraße 18
55116 mainz
www.ventil-verlag.de

der inhalt

vorwort

smells like niederlage

my life is a tango when love is inside. each life's a tango and no need to hide. liebe und flirten, petting und zärtlichkeit – die motoren fast jeder kulturellen äußerung. und in den damit einhergehenden nummern von zweierbeziehung oder zweieraffäre findet sich dann auch alles wieder. *e-mail für dich und der verdammte kaffee ist fertig.* jeder muss wen finden oder doch zumindest gefälligst suchen. und sich damit darauf einlassen, dass alles gut ist, wie es ist. liebe hat lobby.

in den hier vorliegenden geschichten soll daran nicht gekratzt werden, sondern es wird ehrlich daran zerbrochen. die protagonisten geben alles. für wen bloß? es sind nerds, streber, post-slacker. und wenn sie sich an das hochgejubelte tool des flirtens heranwagen, hält es seine wahre fratze rein: und die sieht aus wie nackte verzweiflung.

aber you can't always get what you want. und deshalb sind sie auch nach dem zehnten korb noch lange nicht der gesellschaftlichen pflicht entbunden, in liebe zu sein.

lernen sie von chronisch untervorteilten figuren wie robbe, bürzel, doeserella und super-lupo, dass sie sich auch ohne candle-light-diner, guten-morgen-küsse und zwanghafte kinobesuche einsam fühlen können. abdanken aus der beziehungsgesellschaft. ein frommer wunsch, ein schlankes bein. aber vorsicht falle, es gibt kein draußen.

ihr linus volkmann

super-lupo
vs. die anderen

sie will action

ERBAUUNG MUSS
DOCH NICHT
NACH SCHANDE
SCHMECKEN

es ist ein tag. lupinchen sieht aus dem fenster ihres ach so berühmten lupinchenzimmers. draußen ist es für diese tageszeit zu dunkel. sie kann ein auto hören. nicht sehen. sehen kann sie draußen nur garten, baum und mauerwerke. sie geht zu ihrem schrank. sie hat eine idee. eine! idee! da – da findet sie eine große dunkle tasche vor. in punkto shape und style ziemlich haltlos, gar abgewirtschaftet. es ist eine tasche, in die sachen zum schwimmen reingehören. lupinchen freut sich. so sehr. und als sie den reißverschluß aufzieht, stellt sie fest: vieles ist schon drinnen, ist noch immer drinnen. ein handtuch, das noch nach chlor riecht, ein paar münzen, badschuhchen, eine gewellte zeitschrift und krümel. viel mehr braucht niemand.

lupinchen war so froh. und ergänzte, was noch fehlte. eine dose mit creme, einen badeanzug. oder doch vielleicht ein paar neue, nicht gewellte magazine? nein. im wasser konnte man nicht lesen und schließlich wollte lupinchen ja kein happening im hallenbad der stadt veranstalten, und, hey, das alte magazin tat es doch noch. es hatte sich nichts verändert, seit diese zeitschrift in ihren händen hier mal aktuell gewesen war. so ehrlich musste man auch in der modernisierungsfalle sein. lupinchen zog sich feste kleidung an, draußen war es nicht schön, sie schulterte die tasche und erschien kurz darauf im zimmer ihrer mutter. die saß einfach so da. mitten im zimmer auf einem stuhl. »bin ab jetzt im schwimmbad«, rief lupinchen, und als mutter zögerlich sagte: »mein kind?«, hatte erstere schon die schwere tür des einfamiliendings zugeworfen. vorstadt voraus.

lupinchen hatte interesse an einem fahrrad. in der garage standen viele rum. lupinchen ging zielstrebig auf ihres zu. tasche in den korb. klingel ausprobiert und los konnte es gehen. eine rasante fahrt mit mini-geschwindigkeit lag vor ihr. es gab immer etwas, was man tun konnte. lupinchen zählte dinge, die auf ihrem weg häufiger zu sehen waren. mülltonnen, offene fenster und so. schön sprunghaft behielt sie keine zahl, keinen faden. die letzten paar hundert meter zu dem schwimmbad der stadt ging es runter. lupinchen hörte an dem scheitelpunkt auf mit treten. kam fast zum stehen, bis sich endlich prinz hangabtrieb an ihr und ihrem rad abarbeitete. lupinchen wurde immer schneller. und schneller. gefühlte fahrt, die sie angenommen hatte: mindestens – wenn nicht noch mehr. echt: nicht halb so viel. ihr haar wehte ein wenig. sie hatte es sich schon zurückgebunden. plötzlich der vorplatz des bades. ein meer leerer fahrradständer tat sich auf. kaum wer schien hier zu sein. keiner. das wetter, die zeit, persönliche dinge – vieles kam den leuten dazwischen. sie hatten schon andere pläne gefasst. lupinchen nicht. sie bremste ihr rad ab. mit rücktritt. sauber kam sie zum stehen. und suchte sich eine abstellgelegenheit ganz nah am eingang aus. sie hätte jede haben können. aber sie nahm die vielleicht dritt- oder viertbeste überhaupt. die nummer ihres zahlenschlosses war dieselbe wie immer. man durfte sie nicht vergessen. man durfte sie nie vergessen. ›sonst wird dir das fahrrad geklaut‹, sagte lupinchen sich.

if i ever feel better

living on the edge of a rest von früher. lupinchen kramte zerknautschte karten für das schwimmbad aus einem kleinen seitenfach der verlebten tasche heraus. eintritt frei für immer. diese karten schienen nie auszugehen. damit kam sie durch eine automatische drehtür. und lebte nicht schlecht dabei. ein paar treppen hinauf. einige gänge vor und zurück. selbst wenn man schon oft hier war, musste man schauen, dass man nicht falsch lief. die gänge weg von und hin zu den umkleiden waren ohne eigenschaften. so gut wie unkenntlich. lupinchen entdeckte die frauenumkleide. ein großer raum und einzelne kabinen. es war niemand da. an einigen haken hingen mäntel, wäsche lag rum. sie entschloss sich. trotzdem für eine der kabinen. ein quadratmeter man selbst. von: straßensachen / zu: badeanzug. die telefonzelle, in der clark kent sich umzog und als supermann wieder hinaushetzte, sie war auch nicht anders. kammern zum sich variieren. wer es kann. lupinchen war jetzt in full bathingsuite, bathingflavour. sie schleppte ihre tasche zu den schließfächern. auch die gehörten ihr fast alle. die meisten schlüssel mit dem jeweiligen bändchen dran steckten in den kleinen türen. einige standen offen, waren zu oder angelehnt. nach welchem system das wohl geschah? lupinchen suchte sich eine zahl aus, die zu ihr sprach. 321. sie machte sich den schlüssel dieser nummer knapp über ihrem knöchel fest. passte. hier passte alles gut. ein handtuch um die schultern, die gewellte zeitschrift von letztem frühjahr in der hand, und lupinchen ging immer weiter. gänge, sektoren – das schwimmbecken war noch nicht zu sehen, kaum zu riechen. lupinchen spukte fast ein bißchen. die duschen tauchten auf. darauf hatte sie aber keine lust. sie konnte gleich ins wasser, fand sie – ohne vorher was. sie war nicht geschminkt und kein infarktgirl, also durfte sie sich selbst aussuchen, ob oder ob nicht. duschzwang, badekappenzwang – und auch wenn sich sonst nichts mehr zum guten wandte: das jedoch war unwiederbringlich überwunden. vorbei. lupinchen blieb noch mal stehen. sie hatte die fußduschen entdeckt. desinfektion und so. ohne an die präsenz von pilzen in diesem aufgeräumten zusammenhang hier zu glauben, aber sehr motiviert, stürmte sie hin und drückte. pulverisiertes interessantes wasser mit zusätzen lief über ihre füße, die sie nacheinander hinhielt. der besuch hatte sich schon jetzt gelohnt. mit schäumenden zehen betrat lupinchen endlich die halle. und die war riesig. drei becken. eins für kinder, eins für erwachsene und eins, in dem sich die beiden verfeindeten lager treffen konnten.

ein blick durch die großen, hohen sichtfenster nach draußen. lupinchen erkannte kaum konturen. zu sehen: feld und wege – lag das schwimmbad doch am rande der stadt. die dämmerung schritt voran. es war so still. sie hörte leise pumpen und schwache, hallende geräusche von irgendwoher – viel mehr nicht. ansonsten nur bewegungsloses wasser. lupinchen ging am rand des großen beckens entlang. nach einer weile erreichte sie das kopfende, dort legte sie handtuch und zeitschrift auf eine steinerne bank. das war jetzt ihr platz. für diesen nachmittag. ihre sachen lagen darauf.

take my breath away

sie wollte gleich mal schwimmen. gleich mal springen. und die startblöcke von eins bis acht. alle waren sie frei. lupinchen konnte sich wieder was aussuchen. und sie suchte sich aus: nummer zwei. zwar waren die wichtigsten, die mit dem meisten sporty fame, sicher nummer vier und fünf. doch lupinchen wollte ja sofort eine ganze bahn schwimmen. und diese mittleren waren am weitesten vom rand weg. das konnte man doch ruhig beunruhigend finden. bei der länge einer bahn in diesem gigantischen becken. wenn man da plötzlich nicht mehr konnte, raus wollte, halt finden musste. lieber auf nummer sicher, auf nummer zwei. musste ja nicht gleich die eins oder die acht sein. lupinchen nahm zwei kleine stufen. dann stand sie oben auf dem herrlichen zweierstartblock. von hier sah alles gleich ganz anders aus. aber auch nicht sehr viel. lupinchen machte einen entschlossenen schritt nach vorne, sprang leicht ab. eine kerze. mit den armen eng am körper. die nase hatte sie sich nicht zugehalten. selbst wenn niemand schaute – so doof mochte man nicht auch noch aussehen, wenn man sich schon wieder mal keinen kopfsprung traute.

lupinchens eintauchen ging völlig ohne spritzen vonstatten. die wasseroberfläche blieb spiegelglatt. haltung: zehn komma null mal schwierigkeitsgrad: null. lupinchen machte nun doch ein wenig wellen, um zu zeigen, dass sie da war. dass sie hier war. sie schwamm entgegen der ersten idee, gleich loszuschwimmen, noch nicht los. sondern blieb mäßig strampelnd genau an dem punkt, an dem sie nach ihrem sprung wieder aufgetaucht war. bald musste sie kaum eine bewegung mehr machen und verblieb dennoch mit dem kopf oben. es war so warm, es war so angenehm, es war noch stiller als noch vor minuten. back into the tender arms of the zustand formerly known as sicherheit. wie der eigentlich heute hieß?

lupinchen vergaß, darüber nachzudenken, und schwamm los. voll power. den eigenen fluß entlang. schnell und immer schneller wurde sie langsamer. dem anfangstempo geschuldet, musste sie bald zum rand fahren. und dort verharren. erschöpfung – das tat gut, aber musste sich diese sache so fix in ihre schwimmbewegungen mischen? lupinchen rätselte, an wen sie ihre körperliche super-konstitution von früher eingebüßt hatte. das rauchen? die zwei flaschen criss plus x, immer wenn es hoch herging? all das konnte es sein. oder aber eine krankheit, von der sie bis jetzt noch nichts wusste? sie erschrak sich nicht wirklich. ›man muss immer alles denken dürfen‹, fand sie. auch das schlimme. und sie starrte an die holzkonstruktion der decke, die in weiter entfernung thronte und eine fast sakrale stimmung ausströmte. dabei ließ sie ihren körper so auftreiben, dass sie auf dem rücken schwamm, ihre füße schauten aus dem wasser. sie konnte diese stellung leicht herbeiführen, hätte jedoch nie erklären können, wie genau das funktionierte. ›wie schade.‹ sie fühlte sich schwerelos und dachte daran, was denn nun besser war, ein *bankirrtum zu ihren gunsten* oder *zweiter preis bei einem schönheitswettbewerb.*

sie ließ den rand los und verharrte mehr in der strömungslosen see, als dass sie irgendwie leicht umherfuhr. ›bankirrtum ist besser‹, entschied sie und paddelte zufrieden zwei-, dreimal mit den füßen, um nicht eins zu werden mit der wasseroberfläche. ›zweite beim schönheitswettbewerb? das ist doch eine abqualifizierung und man muss der verkorksten ersten wohl noch die hand schütteln. der hexe. aber nicht ich! ich habe bankirrtum zu meinen gunsten. können fünf mark sein, können aber auch fünf millionen sein!‹, freute sie sich. dann konnte sie sich nicht mehr auf dem rücken halten. und hielt sich wieder normal am rand fest.

sie begann zu überlegen, wie es wohl wäre, nähme man sich in der badewanne das leben. wie die meisten schauspielerinnen.

warmes wasser und ein scharfes messer. keine badezusätze vermutlich. ›dann schläft man schön ein. und wenn man rausgeholt wird am nächsten tag von seinem liebhaber, der all das schlimme mal wieder nicht verhindert hat, ist die szenerie erschreckend aber auch voller würde und fraulicher, gar divenhafter sexualität.‹ unter dem anflug einer gänsehaut in der umgebung des warmbadetages schauderte lupinchen sanft. sie schloß die augen und stellte es sich vor. nightswimming. ›und vorher, vorher hätte man natürlich musik aufgelegt, um mit einem wunderschönen lied zu sterben. dem wichtigsten lied, das man hat.‹ lupinchen ruderte fast unmerklich mit den armen. ›und dann, wenn es langsam dunkler wird, kommt die cd in schwierigkeiten und das lied beginnt zu hängen und springt entstellend auf und ab und man kann nicht mehr raus und stirbt bei digitalem offenbarungseid. wie entsetzlich!‹ wenn inszenierungen fehlschlagen – lupinchen hatte genug von der idee und wollte besser mehr schwimmen. durch schwimmen wurde man ja auch schön, durch sich-treibenlassen eher nicht. also. auf ein neues.

es gab auch schöne momente

lupinchen schwamm die bahn weiter. und immer weiter. irgendwann drehte sie besser um. schließlich lagen ihr handtuch und ihre gewellte zeitschrift in der entgegengesetzten richtung. angestrengt kam sie dort wieder an. anschlag. »erste!« ihre stimme verhallte weit vor dem dach der schwimmbadkuppel. sie robbte sich bäuchlings ans gekachelte ufer zwischen den startblöcken eins und zwei. wieder auf den füßen und dann gleich zur bank. lupinchen legte sich auf ihr handtuch. die bank aus stein war geheizt, man musste sich nicht mal abtrocknen. warm genug. sie legte sich auf die seite, zum becken gewandt – während hinter ihr gähnend die immense panorama-fensterwand ins dunkle, ins freie deutete.

komischerweise las lupinchen in ihrer zeitschrift gerade das, was sie schon kannte. ›lesen heißt wiederlesen‹, fand sie. die geschichten forderten lupinchen nicht heraus, hatten es nie. hatten das auch nie gemusst. in der fotolovestory zur mitte des heftes wurde dann eine spannende romanhandlung verknappt geschildert. alles geschah. sehr schnell und schlüssig. ›genau wie in einem buch – nur besser. viel, viel besser!‹, überlegte lupinchen. am ende bekam das hauptdarstellende mädchen alles. einen jungen, gute noten und zufriedenheit. lupinchen runzelte mit der stirn. die zeitschrift wollte sie wohl allzu sehr bei laune halten. ein bisschen ärgerlich fand sie das. erbauung muss doch nicht nach schande schmecken. die zeitschrift war wohl mehr outdatet als zuerst angenommen. und lupinchen legte sie fort. und lag selbst. sie hatte bald lust, etwas zu summen. das konnte sie leiden. sie summte. *patience is like bread i say i ran out of it yesterday.*

i come undone

leben hier schien ein ganz bedächtiger independent-song zu sein. ergreifend, zart und doch voll ausufernder größe. er überrollte lupinchen. das war ja wahnsinn! dabei lag sie nun so. vielleicht schlief sie sogar kurz ein. sie war sich erst nicht sicher. die deckenuhr, die hoch über ihr prangte, konnte sie von ihrem winkel aus zumindest superscheiße lesen. irgendwo standen die zeiger halt. mehr war nicht zu erkennen. lupinchen horchte in die stille, in sich hinein – ja, es konnte sein, das mit dem eingeschlafen-sein, jedenfalls fehlte ihr plötzlich ein augenblick – oder eine ganze viertelstunde? wie spannend. lupinchen forschte nach. *where'd you been?* sie wußte es nicht. so stand sie auf. schritt neben das becken, um die uhr zu sehen. und erschrak sich. es fehlte eine ganze stunde. ja, mehr sogar.

lupinchen verwarf das noch-mal-ins-wasser-gehen sofort. vielmehr eilte sie barfuß und schnell auf ihre bank zu, schnappte sich das handtuch, dabei fiel die zeitschrift zu boden, hinter die heiße steinliege direkt ans fenster. lupinchen bewegte sich da aber schon in richtung ausgang, sie hatte auf einmal keine zeit mehr. und das magazin war doch ohnehin am ende, dachte sie. ausgelesener schrott. sie passierte die drei becken in länge und breite und ließ danach die duschen wieder links liegen. diesmal hastig. immerhin war sie doch schon trocken, davon durfte sie sich jetzt auch nicht mehr trennen. in der großen umkleide angelangt, wrang sie ihren zopf aus, den sie sich gemacht hatte, um der schwimmbadsache gerechter zu werden. von oben nach unten. tropfen kullerten über ihre schulter oder fielen direkt auf den hell gefliesten boden. lupinchen machte das band mit dem schließfachschlüssel von ihrem bein ab. für einen moment war er sogar weg gewesen, bis lupinchen auf das richtige bein gesehen hatte. mit dem schlüssel konnte sie ihre tasche auslösen. 321. und mit der drängte sie sich wieder in eine der umkleidekabinen.

schluss mit dem blauen badeanzug mit den zwei weißen seitenstreifen und dem aufgenähten freischwimmerinnen-abzeichen. rein in die sachen von vorhin. lupinchen wechselte ohne ruhe und sorgfalt. und das eigentlich ohne grund. verhuscht zog sie sich socken und andere kleinteilige sachen beinahe während des kabinenöffnens an. in einem der vielen vor- und zwischenräume machte sie noch mal kurz halt. drückte den knopf eines fixierten heißluftgerätes und hielt ihre haare drunter. das band zum zopfmachen hatte sie abgenommen. heiß, heiß. ihr kopf wurde es auch. die haare standen schön ab. lupinchen blickte skeptisch in einen der spiegel. so wollte sie nun doch nicht aussehen. aber, okay. sie nahm es hin. und dann ihre tasche. einige treppen runter und schon stand sie zerzaust und kurzatmig vor den schweren eingangstoren dieser öffentlichen badeanstalt. sie führten auch raus, es kam nur darauf an, auf welcher seite man stand. lupinchen nahm das wahr. und lief zu den fahrradständern. all diese eile. ihre lippe schmeckte nach chlor. davon würde sie noch auf der heimfahrt etwas haben. hin zu dem rad. sie erkannte ihres, es war dasselbe wie vorhin. vielleicht war es das einzige hier.

als sie in die pedale trat – es ging bergauf, es war egal – und langsam das schwimmbad und dessen umgebung hinter sich ließ, dachte sie: ›wann gehen die anderen baden?‹

es war noch immer ein tag.

super-lupo möchte wen küssen

komm küssen

SUPER-LUPO WAR VOLLER TATENDRANG

super-lupo war voller tatendrang. nein, ein wenig präziser muss man es schon sagen: super-lupo war voll. ›na, wie ist denn das wieder passiert?‹, fragte er sich. doch für erklärungen war keine zeit – er musste weitertrinken. wegen girls. er war nämlich so etwas wie verliebt, und er war sauer, dass er die eine nicht abbekam. so was wurmte einen jeden mann. daher auch super-lupo.

›nun aber ab in die volkshochschule!‹, erinnerte er sich vage an eine idee besserer tage. ›auf zur volkshochschule‹ – wie einfach das klang. doch für super-lupo war nichts wirklich einfach; er hatte immer und mit allem schwierigkeiten. das war zwar schlimm, doch da er es nun gar nicht anders kannte, machte es ihm nichts aus. ›wo ist denn die volkshochschule? was zieht man da an?‹, fragte er sich, während er still auf einem stuhl saß.

einige minuten später zettelte seine imaginationskraft weitere denkbare unwägbarkeiten an. ›was, wenn ich nackt an die tafel gehen muss? – oh gott, da sterbe ich ja vor scham! nein, auf keinen fall mache ich das.‹ super-lupo, der im rahmen dieser unvorteilhaften überlegungen mittlerweile begonnen hatte, rastlos durchs zimmer zu laufen, fiel über die schnur des telefons. ›au‹, dachte super-lupo, als er sich schwanengleich aufrappelte, ›au, das hat mal wieder wehgetan! doch wenn ich nun schon mal hier bin, kann ich ja auch gleich telefonieren‹, fand er. und ließ sich zurück auf den boden fallen. hörer: hoch. unwillkürlich drückte super-lupo wahlwiederholung. auf dem display erschien null-einhundert-neunzig-und-sechsmal-die-zwei. aha, die geile nummer. wo frauen immer auflegten, wenn er was in den hörer reinsprach. doch heute – heute brauchte volkshochschulen-lupo sie nicht! ›ich brauche euch heute nicht‹, hustete super-lupo in die geile konferenzschaltung am anderen ende der leitung. dort wurde reihenweise aufgelegt. doch das war super-lupo diesmal egal. er platzierte den hörer wieder auf der gabel und besann sich. 11880. ›wenn das mal nicht die nummer der auskunft ist‹, dachte der heilige. ›die sagen doch sicher, wo die volkshochschule ist.‹

gedacht, gewählt. »platz 16«, schnarrte eine stimme vom band. pause. super-lupo war offensichtlich mit sprechen an der reihe. doch hatte er eins nicht bedacht: die einsamkeit und der angeblich so frühe morgen vermochten ihm bis jetzt noch kaum einen laut über die lippen gelockt zu haben. so wurde aus seinem geplanten anfragesatz erst eine art würgen, dann ein hustenanfall. ›ich mag mich selbst nicht‹, dachte er, ›wenn ich so bin.‹

die dame von der auskunft hatte ihre schreckliche zeit auch nicht gestohlen und geizte ebenfalls mit verständnis. daher legte super-lupo besser auf.

normalerweise plan b

hm, in solchen fällen tritt normalerweise plan b in kraft. doch super-lupo hatte keinen scheiß plan b. genau genommen hatte er ja nicht mal plan a. super-lupo zerbrach sich den dicken kopf – und tatsächlich, da hatte er sich einen plan b ausgedacht; alles sollte folgendermaßen ablaufen: er würde sich hinter den garagen verstecken und warten, bis sich seine probleme von selbst gelöst hatten. alles klar. doch bei genauerer betrachtung ließ dieser erst so heiß umjubelte plan b einiges zu wünschen übrig. ›nein, das läuft nicht, das läuft so nicht‹, versuchte super-lupo die export-bier-flashbacks, die er fälschlicherweise für seine gedanken hielt, mit etwas realität aufzufüllen. das schmeckte super-lupo alles gar nicht – und wieder dachte er ans kleine lupinchen und dass so was wie schluss zwischen ihnen war. daher zog er seine beste lodenjacke an und ging hinaus. hui, es war vielleicht was los. super-lupo war nicht gerade der einzige auf der straße. überall liefen leute. aha. da spürte er ein sonderbares brennen auf der haut. nach einer schönen schreckminute identifizierte er das brennen mühsam als die sonne. davon hatte er schon viel gehört und kam sich mächtig dumm vor, von ihr wie ein schulbub überrascht worden zu sein. außerdem – ganz neu war dem käsigen halunken das phänomen sonne gar nicht. als kind hatte er oft auch tagsüber draußen gespielt. abends hatte er dazu nämlich kaum zeit gehabt, weil er da immer von seinem vater verprügelt wurde. und dem passte es halt abends am besten, weil er doch den ganzen tag über am fließband stand. klar, dass er super-lupo nicht einfach mal dazwischenschieben konnte. na ja, diese zeit war jetzt vorbei.

super-lupo versuchte nun, auf dem gehsteig nur auf die helleren steine zu treten. an so was hatte er freude. aber wo sollte es noch mal hingehen? ›ja, zur volkshochschule, stimmt.‹ doch vorher wollte super-lupo mal gucken, ob lupinchens rad bei ihr vorm haus stand. klar – derartige aktionen bringen gar nichts, wusste super-lupo, dennoch latschte er zielstrebig ins weiße, reiche viertel, wo lupinchen bei ihren eltern wohnte. *jungs haben das privileg, sich für mädchen zum idioten zu machen.* super-lupo wusste das – und hielt sich dran.

um gewissheit haben zu können, ob lupinchens fahrrad da war, musste er die garage von lupinchens eltern aufbrechen. so etwas zu tun, das war falsch, dieser gedanke fühlte sich für super-lupo – auch ohne jurastudium – nicht wirklich fremd an, außerdem war der ihm aber egal. er machte sich also ohne umschweife strafbar und entdeckte diverse räder in der aufgebrochenen garage. ob eines davon lupinchen gehörte, dessen war er sich nicht sicher. von wegen *you win again.* ›das hier ist ja nur ein mäßiger erfolg‹, gelang es super-lupo, die situation richtig einzuschätzen. aber da hatte er auch schon eine neue idee: ›ich könnte doch den ganzen tag vor dem haus stehen, bis sie rauskommt oder auch reingeht.‹ gedacht, gemacht. kaum drei stunden später kam jemand vorbei, den er erst mal von weitem für sie hielt. schade, dass sie‹s dann nicht war.

mit zeitverschwendung hatte das ganze nichts mehr zu tun, es war eher traurig.

super-lupo war schon voll nüchtern und ganz rot im gesicht von der sonne, als lupinchen hinter ihm mit dem rad stoppte. sie klingelte, damit der hinter einem baum stehende super-lupo, der auf ihr haus glotzte, sie bemerken konnte. »beschattest du unser haus?«, fragte sie schnippisch. super-lupo rang um eine souveräne, gar flippige antwort. »ach, ja«, hörte er sich sagen und hoffte, dies sei alles nicht wahr. lupinchen lachte. ›warum hat sie bloß einen anderen?‹, super-ärgerte er sich. er musste sie einfach zurückgewinnen, das stand fest. sie war doch so toll goldig und überlegen. super-lupo beschloss, eine liebenswerte konversation zu beginnen. »willst du, öh, mit mir gehen?«, brachte er hervor. ›hm, das ist wohl auch nicht die beste unterhaltung, die ich da angezettelt habe‹, bemerkte super-lupo. »nein«, entgegnete lupinchen, während sie weiterhin lächelte. super-lupos liebenswerte konversation steckte in einer sackgasse.

everything you want – you got it

lupinchen roch nach rosigem parfum, ihre jacke nach rauch. super-lupo rang um fassung. in seinem kopf ging alles drunter und drüber wegen dieser unterhaltung. mit dem lupinchen. kleine, graue fruchtfliegen zogen ihre kreise, irgendwo brannte es, grillen zirpten. so schön ging es in super-lupos kopf ab. daher sagte er: »ja, ins kino gehen vielleicht?« – nun, mehr war halt einfach nicht drin. »weißt du, ich habe die woche über volleyball«, antwortete das kleine lupinchen – »wie? die ganze woche?«, fragte super-lupo. lupinchen überlegte kurz, um dann zu sagen: »ja.«

»aha« – super-lupo ahnte wohl, dass dies nicht stimmen konnte.

okay, vielleicht war er ein idiot

aber doch noch klar genug, um zu wissen, dass man nicht sieben tage die woche volleyball spielt. außerdem – spielte sie überhaupt volleyball? in seiner gegenwart hatte sie dieses wort früher nie benutzt. volleyball, volleyball, volleyball. und überdies: was ein dummkopf-sport. diesen riesigen ball in den korb zu werfen – wie affektiert, wie amerikanisch. ach nein, halt, das war ja basketball.

›volleyball ist doch ball-über-die-schnur in groß. genau. ach, nicht minder albern‹, attestierte super-lupo.

»triffst du auch oft den korb?«, fragte er scheinheilig. »na sicher«, gab sie nach kurzem zögern zurück. ›ja, volleyball, was?‹, dachte super-lupo und sagte nichts. er musste jetzt schnell gehen, das wusste er. lieber traurig als aufdringlich. »okay, jetzt muss ich los« – ohne dass sie fragte wohin, ergänzte er: »ich gehe an die volkshochschule und lerne fremdsprachen.« lupinchen fand das natürlich super, und super-lupo wusste genau, dass sie es kaum so meinte. wenn man wen nicht mehr liebte, bewunderte man den auch für nichts mehr. ›so muss es sein.‹ super-lupo fiel es wie schuppen von den augen. er erkannte die situation. lediglich anzufangen wusste er damit nichts, schüttelte daraufhin lupinchens hand, lächelte verkniffen und sagte: »bis bald.«

gottes vergessene slacker

super-lupo sah zu, dass er land gewann. irgendwie hoffte er dabei, lupinchen sähe ihm nach, und daher ging er bemüht leger und aufrecht. als er sich jedoch umsah, war sie bereits verschwunden. ›wahrscheinlich zum volleyball‹, schmollte super-lupo. lupinchen warf keine körbe, aber er hatte einen gekriegt. so einfach ist die welt.

zoll- und handels-lupo

»STALINGRAD,
DAS WAR NOCH KRIEG!!«

super-lupo war out, schnee von gestern.

doch damit konnte er umgehen. er wusste, es gab auch ein stück vom kuchen für die verlassenen. ›ja, und zwar den verkohlten rand‹, kam super-lupo auf den boden der tatsachen zurück.

super-lupo beschloss, seinen ärger wegen dem mädchen runterzuspülen. er dachte an bier. oft. so auch jetzt. ja, bier, das würde ihm helfen. ›ich trinke am besten gleich acht gläser leer. das ist eine gute idee. dann wird mir schlecht, und ich liege wie tot in der ecke – da wird lupinchen sich noch wundern. mal sehen, wer hier der verlierer ist!‹ super-lupo konnte das gut so machen. doch was war mit dem mythos *volkshochschule*? was war mit dem klugen mann, der fließend zwanzig fremdsprachen beherrschte? super-lupo war übel.

aber er brauchte ganz dringend das neue standbein: intellekt. was er dazu außerdem noch benötigte, war ein buch. die vorstufe zum lernen. super-lupo nahm sein gebrochenes herz, 20 mark und allen mut zusammen und betrat eine buchhandlung.

hundertmal war er den weg super-lupo/lupinchen oder lupinchen/super-lupo schon gegangen, doch nie zuvor hatte er die buchhandlung ungefähr auf der mitte dieser strecke bemerkt. er steckte seinen kopf rein.

es roch nach buch

super-lupo wollte ein gesicht machen, wie wenn er dauernd *buch* kaufen würde. es gelang ihm nicht. er wusste das.

es gab viele bücher in dem laden. super-lupo fasste das eine oder andere mal an. da erschien neben ihm eine alte frau. ein umstand, der dem heiligen wenig behagte. die frau aber sprach: »kann ich ihnen helfen?« – »mir ist nicht mehr zu helfen«, antwortete super-lupo, um das eis zu brechen. doch es brach nicht.

im leben der alten frau schien entertainment keine große rolle mehr zu spielen. vermutete super-lupo. er musste sie anders kriegen. und wusste auch schon, wie: »zeigen sie mir mal ein buch, in dem es um krieg geht.«

›nun habe ich sie, wo ich sie haben will‹, triumphierte super-lupo. der krieg – das einzige, was alte leute reizt. ein genialer schachzug des secondhand-strategen.

»nein«

hörte er zu seiner überraschung die alte frau sagen. »oh«, hörte er nun wieder sich sagen. es ging hoch her in omas bücherkiste.

super-lupo wich keinen millimeter von seiner zum scheitern verurteilten strategie *krieg* ab. ›die frau muss mich falsch verstanden haben. hört vielleicht nicht gut.‹ super-lupo formulierte sein begehr noch einmal, allerdings in doppelter lautstärke. »ZEIGEN SIE MIR MAL EIN BUCH, IN DEM ES UM KRIEG GEHT!!«

die alte frau schwieg.

super-lupo blinzelte ihr verschwörerisch zu. mit »VIER MONATE IM KESSEL!! STALINGRAD, DAS WAR NOCH KRIEG!!« schrie er ihr die einzigen worte entgegen, die ihn noch an seinen großvater erinnerten. die alte dame schien zu verstehen. »so, ich hole jetzt die polizei, bürschchen.«

mit verlaub – damit hatte super-lupo nun nicht gerechnet. »ich will doch nur ein buch ...« – super-lupo vergaß in der aufregung, die ungefähr 40 jahre alte frau anzubrüllen. »ich bin verlassen worden, müssen sie wissen, vielleicht ja, weil ich dumm bin.« das konnte die frau offensichtlich nachvollziehen. super-lupo musste versprechen, sich gleich fortzuscheren, und dafür bekam er ein buch. sogar geschenkt. super-lupo freute sich. zufrieden starrte er sein buch *zoll- und handelsabkommen im eu-binnenmarkt* an. jetzt würde er jeden mann, den lupinchen statt ihm wollte, übertrumpfen können. reihenweise sah er seine konkurrenten den bach runtergehen. keiner konnte zoll- und handels-lupo, wie er sich in gedanken bereits nannte, das wasser reichen. lupinchen würde das einsehen, ob sie wollte oder nicht.

team disney

zur selben zeit im reichen viertel der stadt. ›ich will nicht‹, dachte lupinchen. im fernsehen lief disney – und lupinchen wollte nicht. sie aß pralinen dazu. guckte auf die pferdepostkarten an der wand und schmollte.

harras möchte wen beißen

JEMAND SCHIEN
PAUSE GEDRÜCKT
ZU HABEN

super-lupo rannte zurück. zurück zu ihr. zu dem haus ihrer eltern. beim rennen versuchte er, irgendwie irgendwas zu lesen. aber das ging kaum. er lief zu schnell. oft fiel er hin. meistens aber nur so halb. seine vorwärtsbewegung war nie wirklich in gefahr. hey. er musste zum girl.

er klingelte an der tür

lupinchens mutter öffnete. in ihrer vornehmen tür erschien super-lupo. er trat nervös von einem bein aufs andere. »tag, frau lupinchen. ja, kann ich ihre tochter mal sehen?« – »ich zeig' sie dir«, entgegnete frau lupinchen scheißfreundlich, »das heißt, ich würde sie dir zeigen, aber im moment ist sie gerade nicht da.«

mittlerweile war lupinchen hinter mutter aufgetaucht. sagte aber nichts. »och, da hinter ihnen sieht man sie doch hervorgucken.« super-lupo betonte das gesagte noch immer höflich. obwohl er allen grund zu patzig gehabt hätte. schließlich war er im recht. frau lupinchen war allerdings bereits von seinem höflichen einspruch aufs bitterste gekränkt. »willst du mich eine lügnerin nennen? du drogensüchtige pest!«, giftete die dame in dem ansprechenden kostümchen super-lupo an. der rang um eine all das falsche zerschmetternde antwort. doch wo blieb sie nur? as time goes by. jemand schien *pause* gedrückt zu haben. alle warteten auf die retourkutsche des heiligen – er selbst eingeschlossen. tik. tak. es machte den anschein, als würde eine weitere minute ohne alles verstreichen.

dann: lupinchens mutter stieß super-lupo unvermittelt aus der tür. er fiel rücklings um. sie knallte die tür zu. ›ich habe auch nicht alle geduld der welt für die debilen im türrahmen, die von meiner tochter angelockt wurden‹, rechtfertigte sie den ausbruch. vor sich selbst. lupinchen machte große augen. »mutter, du kannst doch nicht meine freunde aus der tür stoßen. kein wunder, dass kaum noch einer von mir angelockt ist.« – mutter hielt drohend ihre mülleimergroße pranke gen himmel. »pass bloß auf, fräulein. du fliegst gleich hinterher.« lupinchen ging zurück ins zimmer und warf sich dort folgerichtig auf das gemachte bett.

von außen

der fußabstreifer mit der aufschrift *willkommen* hatte super-lupos sturz kaum bremsen können. ›au‹, dachte super-lupo. ›au. mir tut der rücken weh.‹ er beschloss, ein wenig liegen zu bleiben.

nach innen
zur selben zeit im zimmer lupinchens. sie rauchte hunderter-zigaretten. eve. diese langen. *typisch mädchen*, hatte super-lupo immer gesagt. damit hatte er zwar nicht gerade recht. aber immerhin lag er nicht ganz so falsch wie mit jeder anderen von ihm getätigten aussage. dachte lupinchen. ›und meine eltern hassen ihn. schlecht ist das nicht.‹

unterdessen kam herr lupinchen von seiner arbeit als bulle zurück
klar hatte er super-lupo vor seinem haus liegen sehen. trotzdem trat er auf ihn drauf. »au!«, rief super-lupo, als sich die stollen des bösen mannes in seinen bauch drückten. »können sie nicht aufpassen? ich liege doch hier! bin nämlich gestürzt.« herr lupinchen trat von ihm runter. super-lupo guckte hoch. der bulle nach unten. dann spuckte er ein stück kautabak gegen super-lupo. daneben.

der ärger wuchs. denn herr lupinchen war nicht der typ, der mit solchen niederlagen umgehen konnte. »mutter, lass den hund los!«, drehte er die spirale der gewalt routiniert weiter.

super-lupo robbte richtung tor
er wäre dabei schneller gewesen, hätte harras, der hund der lupinchens, sich nicht in seinem bein verbissen gehabt. außerdem zerrte dieser in eine völlig entgegengesetzte richtung im vergleich zu der, in die super-lupo wollte. harras zerrte zurück richtung *willkommen*, super-lupo zerrte vorwärts richtung jägerzauntürchen. herr lupinchen überholte die verbissenen leicht. er öffnete das türchen. für super-lupo. der schon fast dort angelangt war. »dankeschön«, sagte super-lupo artig. »könnten sie vielleicht auch dem hund sagen, er soll mit dem beißen aufhören?« – »ach was.

den meter schaffst du doch auch so.« – herr lupinchen schätzte disziplin und standhaftigkeit. hinter all seiner faschistoiden willkür stand jedoch immer noch der gedanke an fairness. »aus, harras!«, befahl er daher mit großer geste, als super-lupo die grundstücksgrenze überrobbt hatte.

harras und herr lupinchen gingen rein

super-lupo richtete sich mühsam am jägerzaun der lupinchens auf. er war traurig. immerhin hatte frau lupinchen ihn geschubst und harras ihn gebissen. er beschloss, nach hause zu gehen. besser mal sein buch zu lesen. als im reichen viertel wo zu klingeln.

lupinchens fenster öffnete sich. »huhu!«, hörte super-lupo sie rufen. und dann steckte sie ihren kopf raus. ihr zimmer war im ersten stock. des einfamilienhauses. super-lupo guckte zu ihr hin. »ich blute«, rief er ihr zu. »jaja, ich seh's«, lachte lupinchen zurück. »extra wegen dir«, sagte super-lupo und lachte auch. »meine eltern sind idioten!«, rief lupinchen weiter. »ich weiß«, wusste super-lupo – »hey, hey, das hab' ich gehört, junger mann!«, schnaubte herr lupinchen aus einem unteren fenster, das er für sich geöffnet hatte.

den jungen und das mädchen ließ das kalt. »bist du morgen in der roten lampe?«, fragte super-lupo quer durch die beschauliche vorstadtsiedlung. lupinchen zögerte, bevor sie dann entgegnete: »natürlich.« natürlich, denn ihre ganze clique ging dort immer hin. zumindest in diesem sommer. und es war ja dieser sommer. auch morgen noch. »aber ich werde mit meinem neuen freund da sein« – »ha!«, triumphierte herr lupinchen an seinem fenster. »och«, litt super-lupo hinter seinem zaun. für heute hatte er endgültig genug vom zurückgewiesen-werden. morgen war ja auch noch ein tag.

sonderspiel

MODUS: RISIKO-AUTOMATIK

noch ein tag. ein neuer. super-lupo konnte sich sogar noch an den gestrigen erinnern. sein bein schmerzte. ein böser hund hatte mal abgebissen. aber wer wollte diesem sehnigen, niedlichen wollknäuel mit dem rasiermessergebiss vorwürfe machen? ›ich‹, dachte humpelbein überzeugt, ›der hund wollte gar nicht spielen. er ist eine art arsch.‹ mit seiner beißnummer könnte der lupinchenhund sich nur bei anderen spinnerhunden beliebt machen. und selbst das – selbst das war höchst fraglich.

aber ein wundes bein, was sollte das schon sein? ›wenn man nicht leistungssportler ist, braucht man kaum bein‹, dachte sich super-lupo mal. draußen war es bereits schwer hell, einige vögel sangen ihre songs. warum nicht? super-lupo hinkte in die küche, er aß ein marmeladenbrot – hoffte er jedenfalls. ›wenn das hier keine marmelade ist, bin ich echt in schwierigkeiten.‹ er kaute nur wenige sekunden, dann schluckte er. das kantige, stark unzerkaute brot tat in seiner speiseröhre noch lange weh. das nächste mal würde er es länger kauen. ›über zehn mal! am besten!‹ immer das nächste mal. nie dieses mal. super-lupo fand sich nicht gut. her mit lupinchen. von wegen. nächstes mal. better luck next time. super-lupo putzte sich das gesicht. in dem milchigen spiegel sah er sich kaum.

irgendwann war er mit putzen, anziehen und rumposen fertig. er konnte aus dem haus. straight ahead to girl. lupinchen wartete ja auf ihn in der roten lampe. nun, okay, sie hockte wohl eher auf dem komischen schoß ihres neuen lovers und fütterte den mit trauben, küchlein und küsschen, die von rechts wegen super-lupo zustanden. ›von rechts wegen? eher von wegen.‹ super-lupo verließ seinen turm. draußen wieder das alte spiel. leute, sonne, steine. ungeiler jedes mal. super-lupo kam gegen mittag bei der roten lampe an. er ging mal rein.

es roch abgestanden. viele andere waren schon da. jugendliche jeden alters. sie tranken tee, expresso und andere undinger. super-lupo wusste, das war falsch. gerne hätte er jedem von ihnen erklärt, wo sie sich expresso hintun könnten. aber er war zu schmächtig, um seine originellen meinungen überzeugend gegen zwei meter große kinder durchzuboxen.

noch kein lupinchen hier, und auch kein tisch war mehr ganz frei. und dazu-setzen konnte ja nur die allerletzte lösung für einen kontaktarmen boy sein. doch super-lupo hatte glück. den schönsten platz hatten die anwesenden trottel blank gelassen. er freute sich, wechselte an der theke seine wenigen kleinen scheine in große münzen und nahm zufrieden vor dem merkur-drei-sonnen-automat platz. *hier bin ich mensch, hier will ich sein.* münzen in den schlitz. die räder begannen sich zu drehen. hey, hey, hey. super-lupo wusste trotz der geilen sounds, die der automat rausgab: hier war nicht disneyland. hier war der laden an der ecke. außerdem musste doch bald lupinchen mit dem neuen lupinchenfreund eintrudeln. super-lupo stellte das geldspielgerät also auf risiko-automatik. um sich selbst zu schonen. denn in der risiko-automatik übernahm der automat das hochdrücken selbst.

für eine handvoll groschen

hochgedrückt werden musste, wenn die walzen sich nach dem anhalten zu einem gewinn formiert hatten. und diesen gewinn galt es dann von ein paar groschen ins unermessliche hochzudrücken. oder wieder zu verlieren. das dazu notwendige und nur wenig glamour ausströmende herumkaspern an den knöpfen konnte im modus der risiko-automatik dem gerät selbst überlassen werden. in diese risiko-automatik allerdings musste man vertrauen haben. denn sie verlor – stellvertretend für den hochdrückmüden drei-sonnen-sportler. oder gewann. was natürlich selten vorkam. aber es kam vor. es brauchte nur genug vertrauen.

und super-lupo hatte vertrauen

man gewann nie gleich auf anhieb. super-lupo wusste das. die anfangsniederlagen waren ein test. ob man vertrauen hatte. vertrauen in den wohlfahrtschip seines blinkenden gegenübers. die walzen drehten sich wieder. super-lupo guckte ihnen aufmerksam dabei zu. *es ist nicht schön, allein zu sein. zum beispiel vor einem geldspielapparat.* doch super-lupo war gar nicht allein. er hatte gerade zehn sonderspiele bekommen. denn er war gut. alle anderen wollten immer nur, dass die walzen sonnen zeigten. das kickte die verlierer, sie drückten die zahlen weg. sie hatten nichts, gar nichts begriffen. super-lupo, als alter checker, ging auf dreimal 40. er wusste, so konnte es gehen. es ging. vertrauen würde sich irgendwann wieder lohnen, und super-lupo hoffte, dass jetzt und hier der anfang dieser neuen zeit sei.

denen man nicht vergibt

hinter ihm gedränge oder so. das konnte passieren, denn der automat und super-lupo hatten einen mehr blöden als klasse platz an einer engstelle des ohnehin dicht bestuhlt- und betischten cafés. einer schubste ihn beim vorbeilaufen enorm. super-lupo drehte sich sauer um. oh. »lupinchen, bist du ›einer‹?« lupinchen runzelte die stirn. ja, sie hatte super-lupo beim vorbeilaufen ordentlich geschubst. obwohl ihr diese situation jetzt nun wirklich nicht behagte. an ihrer seite stand, noch äußerst unbeteiligt, ihr neuer freund. an der seite eines geldspielautomaten und straight on hockte mister ex. ›zum glück sind beide zu hager, um gleich an ort und stelle um mich zu kämpfen‹, dachte sie. aber vorherrschaftsmeierei würden die boys ihr sicher nicht ersparen. gender trouble. »ich mache, was ich will«, sagte sie daher prophylaktisch, resolut und gleichwohl natürlich völlig vergebens. denn: keine chance.

super-lupo hatte sich bereits an den neuen lupinchenfreund gewandt. gönnerhaft gab er diesem zu verstehen: »ich habe hier gerade zehn sonderspiele, du vogel.« lupinchen hatte offensichtlich nie genug zeit gefunden, dem neuen so dies und das von sich zu erzählen. so schien zum beispiel das kapitel super-lupo in ihren prä-pärchenunterhaltungen nicht stattgefunden zu haben. und dessen fehde-handschuh blieb auf dem speckigen boden liegen, ohne wahrgenommen zu werden. stattdessen fragte der lupinchenfreund ebenso pflichtbewusst wie ernsthaft uninteressiert: »was sind sonderspiele, junge?«

super-lupo heulte auf. so laut, dass fast alle an umstehenden tischen platzierten gäste zu ihm hinschauten, um derartiges geheul mit strafenden blicken quittieren zu können. aus dem augenwinkel registrierte super-lupo das, kaprizierte sich jedoch fälschlicherweise darauf, dass diese verärgerten blicke seinem kontrahenten ob dessen unkenntnis um sonderspiele gegolten haben mussten. bestätigung vom ungewöhnlich gemeinen volk. warum auch nicht? super-lupo erwartete, dass lupinchen sich von der hand des neuen losreißen würde. und zu ihm und seinen zehn sonderspielen liefe. doch sie riss nicht. wollte es wohl spannend machen. super-lupo wusste nicht wirklich, wie girls dachten, hoffte aber, so etwas gefiel ihnen: »du weißt nicht, was sonderspiele sind? das weiß doch jedes baby.« und ergänzte besoffen ob seines triumphes: »kommst wohl vom dorf?«

bevor der lupinchenfreund auf diese – für ihn doch stark überraschende – provokation antworten konnte, sagte lupinchen: »so was muss man gar nicht wissen!« super-lupo schaute sie entgeistert an. was redete sie denn da? lupinchen ging aber noch weiter und streckte ihm die zunge raus. super-lupo guckte drauf. lupinchen tat sie wieder rein. der lupinchenfreund hatte keinen großen bock auf super-lupo, aber irgendwas musste er auch sagen: »wer bist du denn?« super-lupo kam aus dem konzept. lupinchen schien mit ihrem freund weder über sonderspiele noch über ihn zu reden. was machten die beiden den ganzen tag? leicht verunsichert erklärte er: »äh, wenn man sonderspiele hat und im mittleren feld kommt eine schraffierte zahl, dann bekommt man 2 mark 40. oder die chance auf noch mehr sonderspiele.« lupinchen schaute zur uhr. würde das hier noch lange gehen? super-lupo setzte, mittlerweile schwer verunsichert, hinzu: »ja, und in der mitte ist ja auch jedes zweite feld schraffiert! also, bei sonderspielen, da läuft's echt!« – der lupinchenfreund wollte einen expresso und rausfinden, ab wann lupinchen mit-ihm-stöpseln okay fände, doch bis jetzt hatte er nichts außer einem feindselig verunsicherten herren vor sich. lupinchen sah das ähnlich und zog ihren neuen macker am arm, auf dass er sich mit ihr einfach und wie geplant an einen der tische setzen sollte. und sie sagte: »lass schon. das ist ein verwirrter junge, der in einem stall wohnt.«

sie wandten sich ab und schoben sich an leuten und tischen vorbei. head on: rückfront. super-lupo rief ihnen nach: »hey, bleibt stehen! und außerdem, ich wohne in einem turm! hey, ich bin doch kein witz.« vergebens.

leben von einem glauben

beide nahmen platz an einem tisch am fenster, der kurz davor frei geworden war. das ärgerte super-lupo: ›mich ärgert es, dass der tisch einfach so toll frei geworden ist. jetzt können sich die aus dem weißen, reichen viertel neben menschen und häusern wohl auch noch glück und gesundheit kaufen.‹ was war hier eigentlich los? ›gott macht wohl ein nickerchen?‹, dachte super-lupo. draußen donnerte es. aha, gott war wohl doch wach. und dennoch ließ er zu, dass lupinchen und ihr freund an ihrem tisch lachten und was bestellten und wieder lachten. sollte das gott absichtlich so gedacht haben? super-lupo fiel mal vom glauben ab. ohne den religiösen ballast fühlte er sich verdammt heiß. doch natürlich lief es ohne spirituellen rückhalt bei den sonderspielen auf einmal viel schlechter. das gerät ließ super-lupo spüren, dass er sein vertrauen verloren hatte. und ohne vertrauen ließ die risikoautomatik der drei-sonnen-apparatur super-lupo vollkommen hängen.

super-lupo hatte genug. für hier. *macht doch, was ihr wollt – macht ihr ja eh. ich geh' jetzt.* super-lupo verließ die rote lampe.

heartache to headache we stand

zu hause in seinem turm trank er faber-sekt. geschmacksrichtung: erdbeer. und versuchte sich zu erinnern, wie der lupinchenfreund eigentlich ausgesehen hatte. es fiel ihm schwer. ›lupinchen hat zumindest ein türkises kleid aus kork oder cord getragen‹, dachte er. ›und ihr freund einen vornehmen zweireiher. oder doch nur jeans und t-shirt? auf jeden fall ein ensemble.‹ irritiert wurde super-lupo gewahr, dass das einzige, woran er ausschweifend detaillierte erinnerungen hatte, die zehn sonderspiele waren. kein gutes zeichen – ›schluss mit gewahr werden!‹ doch es ging weiter, wenn auch schwer undeutlich. so schwante super-lupo etwa, dass der lupinchenbesetzer – seinem gedächtnis folgend – auffallende ähnlichkeiten mit dem feisten brutus zu haben schien und lupinchen demzufolge als spindeldürre olivia durch seinen kopf spukte. super-lupo seufzte – verdammte fruchtfliegen. seine erinnerungen waren nichts weiter als eine episode aus popeye. das mag auf langen reisen ja amüsant sein, wenn man nichts zu lesen dabeihat. doch was fängt man damit an? doch was fängt man damit in echt an?

i'm the man i used to be

sekt richtung erdbeer. boy richtung fußboden. dort dachte super-lupo entspannt nach. ›ich will nicht, dass sie mich trotz meiner schwächen liebt; ich will nicht, dass sie mich liebt, weil ich für sie da bin. ich will, dass sie mich liebt, weil ich ein star bin.‹ da würde lupinchen aber augen machen. denn super-lupo war ein star.

schon klar. mitten zwischen schmutzwäsche und zusammengeknülltem papier, mitten in diesem fiesen zimmer wusste superlupo, er würde sie kriegen. oh, wow, freute sich der gelegte. er war ein star, er würde sie kriegen. er hatte vertrauen.

neuneinhalb wochen im sozialen brennpunkt

»WANN ZIEHST DU DENN EIN?«

crisis what crisis

super-lupo war mitten in seinem element. er musste voll stoff improvisieren. es war so brodelnd groovy. und vorbereitet-sein – eine sache für clowns. das hier ging anders, es war wie freejazz. jeder trug nur das instrument am leibe und legte los. yeah, dixieland. und good will. impro war trotz allem nicht wirklich superlupos element, sondern sein schicksal.

lupinchen, das mädchen, dem seine liebe galt, war da. er konnte sie sehen. wenn er aus seiner küche in sein naja-wohnzimmer schaute. dort saß sie. sie hatte ihre beine angezogen und saß somit komplett auf der sitzfläche eines sessels. eines sessels, der, meinte man es gut, einem angesagten siebzigerjahre-stil zuzuordnen war. »hallo, sag mal«, rief lupinchen leicht heiser zu super-lupo in die küche, »auf was für einem kaputten stück schrott muss ich denn hier sitzen?« das war natürlich die kehrseite dieses möbelstückes: es war ziemlich scheiße. aber lupinchen rief das nicht aus bitterkeit. das konnte man hören. und super-lupo tat das auch. übermütig grölte er aus der küche: »der hat aber voll den siebzigerjahre-chic!« lupinchen lächelte. siebziger, chic, the return of abfall. sie sagte. nichts.

super-lupo sah sich dadurch nur weiter bestätigt und wollte einfach mal mehr über diesen sessel erzählen. »jaja, der stand vorher 30 jahre in einem besetzten haus. auf dem sessel hätten die bullen beinah mal die gudrun ensslin geschnappt! das meiste darin sind schon brandlöcher, aber ein paar sind wohl von schüssen und ...« – »ich glaube, ich verstehe, was du sagen willst«, unterbrach ihn lupinchen. »oh, natürlich!« super-lupo war ganz aus dem häuschen. sie verstand! sonst wäre sie doch auch nicht hier.

ihr was zu essen bieten

›denn sie ist so dünn. mal sehen, was ich im kühlschrank habe. daraus zaubere ich ein candlelight-dinner mit streicheln!‹ – gastgeber und liebhaber. das ging gut ab, das ging gut los. super-lupos blut kochte, der streichelarm war bis zum platzen gespannt, und mit kleinen pupillen suchte er die küche nach essen ab.

ein paar mehr oder weniger volle aschenbecher, gewürze und trockenes brot. ›darauf stehen die girls nicht so‹, und doch – er hatte nichts anderes. als kanten für die enten.

die szene neo-klassischer erotik, die fickfütterung vor dem kühlschrank in »9 1/2 wochen«, nachstellen mit estragon, zigarettenstummeln und brotkruste. love affair als c-movie – das war ja gut und schön. doch nur weil man davon ausging, dass champagner für den unmenschen gedacht war – musste man seinen gegenentwurf denn deshalb gleich in der negation verorten und sich zu doppelkorn lieben? das machte den freundlichsten schmusesong zu einem death-metal-halbminüter über trieb und not. nein, guten gewissens konnte man keinem girl gewürz-und-krusten-petting anbieten. also musste super-lupo jetzt vor lupinchen treten, um ihr zu künden, dass es nichts gab. was sie hätte essen können mit ihren kleinen, weichen zähnen. eigentlich hatte sie ja auch gleich gesagt, sie wolle gar nichts essen. doch super-lupo hatte darauf bestanden. ihr, als sie heute so einfach vor seiner tür stand, etwas zu kochen. mit seinen zarten fingern. mit seinen tollen kochideen. doch der boden der tatsachen blies ihm hier in dieser küche allzu rau ins gesicht. er löste mühsam seine füße von dem klebrigen pvc und ging in das zimmer, in dem lupinchen auf dem sessel saß.

und der mensch verlässt die erde/das mädchen verlässt den sessel

denn sie saß mittlerweile auf dem teppich. und super-lupo sagte: »über die sache mit dem essen wollen wir von nun an nicht mehr reden.« er hockte sich schön nah neben sie.

lupinchen trug eine jeans mit zahlreichen löchern – das war wohl jetzt mode – und ein t-shirt mit dem aufdruck *es lohnt sich, in der ötv zu sein.* super-lupo wäre gern ihr fester freund gewesen. doch stellte sich schnell heraus, dass lupinchen heute offensichtlich nur gekommen war, um platten abzuholen. platten, die sie super-lupo geliehen hatte. hey, angeblich. super-lupo hielt dieses anliegen zumindest zuerst für einen wunderbaren vorwand, um ihm nahe zu sein. denn noch nie hatte sie sich platten von ihm geborgt. seit sie sich vor ein paar jahren in der roten lampe kennen gelernt hatten, war sicher einiges passiert, vieles auch nicht – und zu letzterem gehörte auch das plattenverleihen, erinnerte sich super-lupo zweifellos. ein dementsprechend dummes gesicht machte er daher, als sie plötzlich eine platte aus seinem stapel zog, die tatsächlich ihr gehörte. super-lupo hatte sie sich sicher nicht gekauft, und innen drinnen auf der blanken hülle stand *gehört mir*. es war nicht super-lupos schrift. es war nicht super-lupos platte. hatte super-lupo da etwas verpasst? scheinbar. denn nun griff lupinchen zielsicher die nächste platte. eine platte allerdings, von der super-lupo überzeugt war, sie vor jahren in einer anderen stadt mal gekauft zu haben. er sagte jedoch nichts. denn er wusste wohl, dass sie schon recht haben würde. ihre überzeugung war glaubhafter als seine. man konnte nicht überall der beste sein. aber irgendwo wäre schon mal schön.

aber sachen besitzen und zurückfordern – hier war doch nicht die f.d.p. oder der vertriebenenverband. platten – wie konnte lupinchen, wenn sie nebeneinander auf dem teppichboden saßen, nur so viel über platten sprechen? super-lupo überlegte: ›sicher denkt sie an etwas ganz anderes.‹ ›platten, platten, platten‹, dachte lupinchen, ›welche wohl meine sind?‹

für sorge

lupinchen guckte jede mal an, weil sie es genau wissen wollte. während alledem wurde super-lupo leicht langweilig. kunststück. geschah ja nichts, außer dass lupinchen akribisch jede platte in die hand nahm und sie sich viel zu nah vor die augen hielt. lupinchen war offensichtlich kurzsichtig – oder konnte nicht so toll lesen. entscheidend war aber, dass sich in diesem zimmer hier keine sexy spannung hochpokerte. keine catchy entladung eines wochenlang aufgestauten kuschelbocks. der love-o-meter schlug nicht aus, er blieb auf *tot*. na, vielleicht durfte super-lupo ihre jacke berühren, wenn er bat oder es einfach tat. aber das reichte nicht. da brauchte man super-lupo gar nichts vormachen. unrock the night. schon geschehen.

als die liebe laufen lernte

und super-lupo sagte: »wenn du mich nicht sofort begehrst oder mit deinen kurzsichtigen blicken ausziehst, dann ...«, er zögerte einen moment, bis er weiter wusste, »dann zerkratze ich alle deine platten!« – »hast du doch schon längst«, sagte lupinchen. und fügte verzickt hinzu: »ich bin wie daisy duck, die hat ihrem mann auch nie erleichterung verschafft.« super-lupo sah sie erleichtert an. endlich hatte sie kapiert, worum es ging. sie sollten wie enten zusammenleben. bei diesem sessel, im staub von gudrun ensslin. dort könnten sie brotkanten essen. er fragte: »wann ziehst du denn ein?« lupinchen sah ihn belustigt an, nahm die drei platten, die sie sich ausgesucht hatte, stand auf und ging. super-lupo blieb sitzen. er saß auf dem längeren hebel und dachte: »die kommt wieder, die kommt wieder.«

irgendwann wurde es draußen dunkel. super-lupo machte das licht in seinem raum an, holte eine zeitschrift aus seinem schrank und begann sie durchzublättern.

super-lupo heiratet

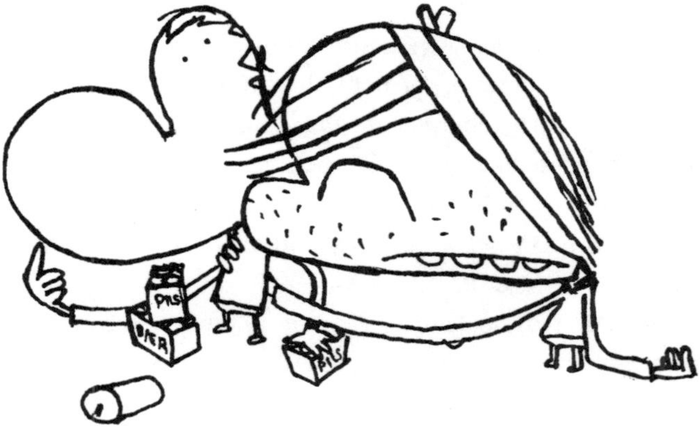

I WAS BORN TO MAKE YOU HAPPY

super-lupo hatte appetit auf zutrinken

aber nichts war da. ja, schade auch, dass bei tengelmann die mülltonnen nicht rausgestellt waren. hatte tengelmann etwa verdacht geschöpft? oder warum unterließ der schlaue hund sonst das bestücken seiner mülltonnen mit kaum oder wenig abgelaufenem material? wollte er die geile lumpenboheme vielleicht sogar vorsätzlich aushungern? doch mit diesem abschneiden der versorgungslinie konnte sich super-lupo nicht auch noch befassen. schließlich hatte er ja noch das eine oder andere sonst zu tun. was das war, fiel ihm auch bestimmt mal wieder ein. jetzt nur gerade nicht. denn super-lupo konnte sich beim besten willen vor durst mit nichts anderem beschäftigen.

›nie die handlungsoptionen verlieren‹, dachte super-lupo und ging in richtung nachttankstelle.

doch an nachttankstellen, speziell in warmen nächten, sind boys, die sich alkohol wünschen, genauso überpräsent wie unerwünscht. ›besser, ich schau dem verkäufer nicht direkt ins gesicht, wenn ich so viel bier will. ich glaube, ich könnte die verachtung in seinen augen heute nicht ertragen.‹ früher hatte super-lupo immer noch versucht, dem verkäufer weiszumachen, er gäbe eine party. aber als der ihm mal auf den kopf zugesagt hatte, dem wäre doch sicher gar nicht so, war der ofen aus gewesen. super-lupo war rot und die tankstelle plötzlich brechend voll geworden. alle hatten es gehört, und super-lupo wäre beinahe umgefallen. vor elend. und scham.

nach diesem tag kaufte er immer in den großen warenhäusern. in seinen wagen legte er außerdem zum schein essen. mit rein. nur bier im wagen sah nicht so gut aus, fand er. damit fuhr er bisweilen auch ganz gut – doch wegen dem traurigsein, weil lupinchen ihn verlassen hatte, hatte super-lupo heute fast das saufen vergessen.

benzin

die tankstelle, das sah super-lupo schon von weitem, war voller junger leute. schüler, studenten und versehrte feierten anscheinend lautstark abiture oder das unglück anderer. so genau konnte super-lupo es nun auch nicht sehen. mit gesenktem kopf spazierte er bemüht leichtfüßig in den in beißendem neon erleuchteten verkaufsraum. dort war es doch stiller, als es zuerst den anschein hatte.

und als hommage an den neo-liberalismus war dieser einfach riesig und per klimaanlage 30 grad kühler gestellt als das draußen – auf der hälfte der strecke zum bier war super-lupo bereits erkältet. er war kein freund von air-condition, doch leider auch kein ernst zu nehmender gegner. mechanisch versuchte sich super-lupo vier sechserpackungen bier unter den arm zu klemmen, ohne dass es asozial aussah. *quit living on dreams*. und dann noch: »super-lupo! toll, toll, toll! guck mal. ich bin's!« – oha, passierte das wirklich? super-lupo war es so, als hätte jemand lauthals seinen namen in die stille der tankstelle gelallt. nein, es konnte nicht sein, was nicht sein durfte – ›denn wenn es so wäre, müsste ich ja vor scham sterben. auf der stelle‹, dachte super-lupo. »hey, hier bin ich! zickezacke, oi, oi, oi!« – aha. super-lupo starb nicht. und doch hatte er es wieder gehört. mittlerweile sah er auch schon pauli, mit den armen rudernd, sich seinen weg bahnen. bevor pauli super-lupo erreichte, war seine fahne schon da.

was hatte der betrunkene teufel denn da bitteschön an?

»schau nicht so entsetzt!«, dröhnte pauli, »also, ich fühle mich in dem pulli, den ich da trage, extrem schön und wirke dandy-esk.« dandy-esk, nun ja. wenn man auf grelle dandys mit rollkragenoberteilen in psychedelischen farben stand. dann mochte sein freund mit dieser aussage in der tat recht haben. »pauli«, superlupo versuchte in der gespannten stille nur halblaut zu sprechen, hatte er doch das gefühl, alle hörten nur noch ihnen zu, »pauli, bitte nicht so laut. ich bin doch so unsicher, wenn alle gucken. und übrigens, dein pullover sieht für uns, die wir noch etwas spüren, super grotesk aus.« doch pauli hatte die worte wohl akustisch nicht verstehen können. »was? ich hab' keinen beschissenen ton verstanden – vor allem, weil du auch flüsterst wie das letzte arschloch!« super-lupo lächelte ordentlich gequält. »pauli! du kannst doch nicht gleichzeitig rülpsen und reden. das klingt widerwärtig.« doch auch damit drang super-lupo offenbar nicht durch die haare, die sich pauli übers ohr gehängt hatte. »verdammte tuschelei! nur weil ich den kontakt zum mittelstand verloren habe und mir auch sonst gerade die allerletzten bürgerlichen posten unter den händen zerrinnen, verdiene ich doch noch eine klare ansprache«, faselte pauli. mittlerweile war auch ihm klar, dass sich sein freund super-lupo wieder schämte. er beschloss, darauf richtig rücksicht zu nehmen, und hakte sich beim super-lupo unter.

wish you were her

jetzt wird geheiratet. wie das gewinner-pärchen der traumhochzeit schritten beide nun feierlich zur kasse. i was born to make you happy. die umstehenden bildeten eine gasse für die vermählten. aus ehrfurcht, oder weil pauli so geräusche von sich gab, als müsse er sich gleich übergeben. ›na, da habe ich ja eine feine braut abbekommen‹, dachte super-lupo und schämte sich auch mal für die umstehenden, weil sie keinen reis warfen. ›hier in dieser tankstelle kann man alles kaufen – außer ehre und würde‹, kam es ihm vor. mittlerweile bemerkte er, dass pauli nicht gerade grazil an seiner seite flanierte, sondern sich vielmehr anfühlte wie ein schwerer rucksack, der nur über einer schulter hängt. super-lupo wuchtete pauli und die vier sechserpackungen bier an die kasse. mit all seiner wenigen kraft. toll, was aus seinem körper trotzdem noch rauszuholen war.

so standen sie nun dort, bereit für den segen. pauli grummelte irgendwas vor sich hin. erst dachte super-lupo, er würde beten oder ein hochzeitsgelübde rappen, aber dann merkte er, dass pauli bloß ziellos zigarettenmarken aufzählte. »zwei päckchen filterzigaretten. extra stark«, fasste der weltgewandte super-lupo eloquent paulis begehr in worte. dem anderen beistehen in den ausnahmslos schlechten tagen. die erste woche war so was ja noch geil. und auch der betende guckte dankbar, oder zumindest bildete super-lupo sich das ein. vielleicht blendete ihn allerdings auch nur der lsd-pullover seines frisch gebackenen ehemannes. pauli war offensichtlich vom mit-den-armen-rudern und vom grölen müde geworden. zumindest tat er so gut wie gar nichts mehr fürs gehen. super-lupo hingegen schuftete wie ein muli. endlich gelang es ihm, pauli nach draußen zu verfrachten. »pause!«, rief es aus super-lupos arm.

oha, pauli schien erwacht. super-lupo stellte ihn ab. pauli wackelte, fiel aber nicht. es kam super-lupo vor wie beim jengaturm-bauen. pauli: »scheiße, hab' ich wohl durst!« – jetzt kam es super-lupo nicht mehr wie jenga vor. sondern wie normal. »trotz allem: schön dich hier zu sehen«, brachte super-lupo mal die herzlichkeit ins spiel. »auch schön, dich zu sehen!«, spielte pauli den ball zurück. doch sachlich, wie er war, fügte er hinzu: »vor lauter höflichkeit wollen wir aber nicht vergessen, dass biertrinken schon immer wichtiger war als kommunikation.« – ›pauli hat vielleicht recht‹, dachte super-lupo und wunderte sich. freunde mussten nicht viel reden. man baute auf unausgesprochenes einverständnis. zarte bande waren möglich, und super-lupo und pauli wollten ihre ad-hoc-ehe sicher nicht nach den prämissen von reaktionären feuerzangenbowle-typen vollziehen. nein. nur maul halten, bier trinken und hoffen, der andere fühlt sich genauso unwohl und verloren wie man selbst.

männer als spektakel

paulis art zu trinken grenzte an artistik. er steckte sich fast den gesamten flaschenhals in sein riesiges maul und ließ die schwerkraft das übrige tun. ›atemberaubend. aber auch bedenklich‹, wertete super-lupo und hielt in gedanken eine zehn-komma-null hoch. kein punktabzug – denn der partner sollte es schön bei ihm haben. super-lupo wollte nur gut von seinem mann denken.

damit gott das sakrament der ehe auch bei heterosexuellen freunden in guten händen wusste. eine flasche war leer. pauli guckte zu super-lupo. super-lupo zu pauli. »okay, reden wir«, sagte der eine. »schön, schön«, entgegnete pauli und fuhr fort: »eigentlich müsste ich heute noch drei päckchen für mathe rechnen. der besen gibt ja immer so viel auf.« – ›ein gespräch, aha, aber was meint pauli mit alledem?‹ super-lupo war ratlos. pauli nicht, er erzählte weiter von drei päckchen in mathe, einem besen und hausaufgaben. offenbar war pauli seit neuestem wieder auf der schule. »entschuldige, dass ich unterbreche«, unterbrach super-lupo, »aber warum bist du denn wieder auf der schule?« – »weißt du, super-lupo, das ist komisch«, pauli strich sich mit dem zeigefinger nachdenklich über das kinn, »genau dasselbe frage ich mich auch.«

super-lupo verliert ein bein

DER GLAMOUR JENER NEUEN LAGE VERFLOG ALLZU SCHNELL

super-lupo fiel vom stuhl

herrje, wie ungeschickt. ›na, wenn ich mir jetzt mal nicht wehgetan habe‹, dachte der gefallene. und richtig. etwas in seinem rechten bein war nicht mehr so wie früher. eine veränderung zum schlechten konnte super-lupo spüren. doch er wollte sich sein leben nicht beeinträchtigen lassen, er wollte leben. leben, wie bevor er vom stuhl gefallen war. er stand auf. sein eines bein schmerzte stark. super-lupo musste wohl oder übel testen, inwieweit es noch zu gebrauchen war. er lief also zwei schritte und fiel wortlos auf die schnauze.

hospital

›ich bin verletzt‹, erklärte er sich die situation. heilung musste her. super-lupo hatte sich schon viele arzt- und krankenhausserien auf video ausgeliehen. ›das wird mir jetzt zugute kommen‹, dachte er. die knochen sollten am besten wieder zusammenwachsen. so wie es früher mal war. »ach, früher«, seufzte super-lupo am boden, »früher, als mit dem bein noch alles in ordnung gewesen ist. das war schon eine verrückte zeit.«

nur komplett gesund konnte man etwas machen. vorher nicht. super-lupo war ein vorsichtiger, ganzheitlicher mann und denker. ›der körper ist ein tempel‹ – in super-lupos fall allerdings leicht baufällig und voller blauer flecke. es musste auf nummer sicher gegangen werden mit dem zerbrochenen bein. so beschloss super-lupo, nun an ort und stelle des unfalls liegen zu bleiben und zu warten. bis der zertrümmerte oberschenkel wieder fertig zusammengewachsen war.

hospitalismus

super-lupo lag gut drei stunden herum. ›fertig‹, dachte super-lupo. und stand auf. doch sein bein war noch nicht fertig. er stürzte erneut. immerhin, diesmal lag er ein wenig anders. und die langeweile schien mit der neuen perspektive, die sich ihm nun eröffnete, wie weggeblasen.

super-lupo ließ sich hinreißen zu denken: ›mensch, ein paar meter weiter woanders gestürzt zu sein ist wie las vegas.‹ nur tausendmal geiler. doch der schein trog. der glamour jener neuen lage verflog allzu schnell. und bald kannte super-lupo jedes staubkorn, bald zählte er die risse an der wand nur noch wenig interessiert. völlig ohne hingabe. und bald bemerkte der verletzte, er war trotz der unglücklichen umstände auch rechtschaffen hungrig geworden.

summer moved on

das leben auf dem boden war nicht immer nur schön. man musste sich was einfallen lassen, wollte man nicht sterben wie all die verweichlichten säcke, die sonst so vom stuhl fielen. super-lupo versuchte, eine kassette zu essen. eine kassette, die er gerade noch hatte greifen können in seiner misslichen lage. aufgetrieben hatte er sie unter einer dicken staubschicht, und wäre die situation weniger brisant gewesen, hätte er sie lieber gehört. ›doch der rock ist einem näher als das hemd‹, befand er, während er sich die kassette, ›the very best of pat benatar‹, in den mund steckte. los ging es. nach einiger zeit musste super-lupo jedoch resigniert von ihr ablassen. er bekam keinen bissen runter.

learnig by doing

fünf stunden später war sein bein noch immer nicht fertig. im gegenteil. es lief irgendwie aus. nun gut. super-lupo konnte sich ja schon denken: ›ein gutes zeichen ist das nicht.‹ viel eher ein ausblick darauf, demnächst weit, weit fort zu müssen.

eine sehr lange reise. und die signale, die super-lupo von seinem körper, speziell bein, aufschnappte, verrieten ganz klar, man hatte schon gepackt. doch, bei aller metaphorik, der zug kam nicht. immerhin, super-lupo war toll benommen.

da klopfte es an der tür. super-lupo hob dem kopf aus dem reich der schatten. ›aha, es klopft‹, dachte er schielend. das klopfen klang merkwürdig unrhythmisch, gar unbeholfen. offensichtlich stand super-lupos freund pauli auf der anderen seite der tür. der gestürzte war so was wie gerettet und rief: »pauli, ich verlor ein bein. und kann nicht aufstehen.« schweigen jenseits des unglücksraumes. offenbar bemühte sich der unrhythmische pauli, das gesagte zu verstehen. »aha?«, ließ sich nach einer kleinen weile von draußen vernehmen. dann: »aha? komm' ich wohl besser morgen wieder?« – »selbstverständlich, du esel«, rief super-lupo schroff. pauli ging. okay, lassie hätte die situation besser gemeistert.

›lassie, der durchtrainierte collie, von dem seit monaten keiner mehr was wissen wollte‹

super-lupo dachte betrübt an den hund, hatte aber dennoch durch den kick des angeklopft-werdens wieder lebenskräfte zurückbekommen. so erlernte er, sich mit den händen über den boden zu ziehen. eine mischung aus para-olympics und tragischem entertainment.

weitere stunden vergingen.

das telefon begann von einem moment zum anderen mit klingeln. super-lupo robbte geflissentlich dorthin und nahm den hörer. zu sprechen am anderen ende der leitung: pauli. und der fragte: »wieso lässt'en du mich net mehr rein?« – »pauli, ich hab' doch diesen echt fiesen oberschenkelhalsbruch.« – »aha?« pauli, so schien es, hatte fast verstanden. »aha? kann ich nicht trotzdem rein? mir is' so langweilig.« super-lupo war beinah gerührt. »gell, pauli, du stehst in der telefonzelle hier gleich um die ecke?« – »auf jeden fall«, pauli lachte. super-lupo fand freundschaft gut. man muss auch mal erklären können: »abgemacht, du kannst hoch. allerdings musst du die tür eintreten. weil ich komm' da einfach nicht mehr dran.« – »gerne«, antwortete pauli hocherfreut und legte auf.

amazing grace

kaum minuten später trat pauli unrhythmisch super-lupos tür ein. sie begrüßten einander voller überschwang. pauli schaute belustigt auf den neben ihm her robbenden super-lupo. der sagte: »sag mal, pauli – wir schneiden uns doch gegenseitig die haare ...« – »aha?«, überlegte der angesprochene, »stimmt!« – »sag mal, und pauli, könntest du dir auch vorstellen, mein bein zu operieren?«

klar – er konnte.

[›super-lupo verliert ein bein‹ ist vom autor in gesprochener fassung zu hören auf der compilation ›moodpoetry vol. II‹ (sprechzimmer).]

super-lupo bleibt mal besser zu hause

»MENNO«

die badezimmertür flog auf

super-lupo kam herausgesprungen. in full affekt. und schlidderte auf schräg zusammengewachsenen, aber fast wieder top intakten knien über seinen aalglatten pvc-boden. dazu ertönte ein hit. ein hit, der ihn aufstachelte. *she knew what she wants*. die regler der schäbigen kompaktanlage standen auf zehn. die in disko-lupos kopf auf zwölf. »she knew what she wants, giving it all ya, ya, lala after all ya«, klar war super-lupo nicht der tollste textkenner der welt, aber immerhin laut. außerdem schien das lied in einer anderen sprache zu sein. in welcher? wer wollte das wissen? ›aber es ist sicher in englisch, es ist im zweifelsfalle eh immer englisch.‹

war auch sowieso nicht wichtig. wenn man schwer euphorisiert über den boden schlidderte und in einen rasierpinsel sang.

nackt, aber tot

›singles – keiner darf glücklich sein.‹ super-lupo dachte nach. im präsens: ›man hat alles voller tiefkühlgerichte, leerer wasserkästen und dazu einen klebrigen küchenboden. warum? – weil keiner einen liebt. weil keiner da ist. der auch mal was aus frischen zutaten macht. nein, immer ist man nur selber da und kocht tütensuppen, trinkt quench oder instant-bier. dass die lebensfreude bei so was nicht gerade voll stoff mit am tisch sitzt, muss wohl oder übel in kauf genommen werden. und irgendwann klingelt endlich das telefon. beim baden, man springt heraus, rutscht auf einer bananenschale aus und ist sofort tot. merken tut das niemand, und wenn sich der hausmeister dann doch bequemt, einen zu finden, ist man nackig und macht eine scheißfigur. ein abschließendes polizeifoto noch. das käme dann, wenn man glück hat, nur in eine polizei-interne broschüre zum thema *vorsicht, einsamkeit*. vermutlich aber würde es motiv einer postkarte – die an reich sortierten postkartenkiosks in einer rubrik mit weinenden clowns abgelegt würde.‹

super-lupo hingegen konnte sich sicher fühlen. sein telefon war seit monaten abgestellt, und er badete gar nicht. nur wegbleiben von der unfallstatistik. trotzdem manövrierte er sich in aberwitzigen bewegungsabläufen durchs zimmer. heya. ein tolles körpergefühl brauchte man nicht, um fidel zu sein. super-lupo stieß sich mal hier, mal da, aber von der postkarte war er noch weit entfernt. er hatte kaum schürfwunden und prellungen, aber eine weiße disko-hose und ein weißes disko-jackett. die knie des ensembles waren mittlerweile vom rumschliddern über den klebrigen boden grau, die hose gar am hintern senkrecht durchgerissen – aufgrund der abenteuerlichen hedo-alk-stunts, die super-lupo so im laufe der zeit hingelegt hatte. sicherlich, super-lupo merkte wohl, da rückseitig stimmte irgendwas nicht mehr so ganz – doch er wollte ja eh ein mädchen. kriegen. vielleicht schon diesen abend, auf den er sich da einschlidderte. denn er war doch solo. und mädchen gucken immer nur auf hintern – wie super-lupo es in der männer-vogue mehr als einmal nachgelesen hatte. er grinste, während er sich noch einen genehmigte – ›mensch, da werden die mädchen schauen!‹

heute wollte super-lupo nämlich endlich mal den one-night-stand einlösen, von dem er schon so viel gehört hatte. *let's hear it for the boy* war der song, an dem die mix-kassette mittlerweile angekommen war. *lasst es uns noch mal für den jungen hören.* vorwärts: one-night-stand. ha! lupinchen, seine ex-freundin, würde aber mal augen machen, wenn er mit einer fremden schlief. und wie!

revanchismus ist sex

ja, wie denn überhaupt? bei dem kontaktgestörten single schlichen sich erste zweifel ob der machbarkeit dieser mission ein. muss man gleich küssen oder erst einen komplizierten drink spendieren? *bitte einen ampari-soda mit gestoßenem ei.* das james-bond-kultgetränk all jener, die noch nie einen einzigen film von ihm gesehen hatten. ›doch das tut mir nicht mal leid‹, fand super-lupo.

und was war die regel, wenn die fremde trotz ampari *nein* sagt? zieht man daraus beknackte lehren und probiert es einfach so lange, bis es funktioniert? oder wird man nach drei live-ablehnungen in die kontaktanzeigen-szene herabgestuft, um dort das schlechte karma der zurückweisungen mit blöden sprüchen abzuarbeiten? frosch sucht vase.

antworten auf diese fragen sollte ein mann besser gar nicht kennen.

obwohl – vielleicht wusste ein medial veranlagter typ wie sein freund pauli über die materialität des ergebnisorientierten flirtens bescheid. doch der, so sah sich one-night-stand-lupo gezwungen sich zu erinnern, hatte gerade ess- und brechsucht. das fand super-lupo zum kotzen. es nervte. dauernd aß pauli was und übergab sich dann umgehend wieder. in guten momenten behauptete pauli, das sei unter umständen eine form von punk. na. ›vielleicht hat pauli ein problem‹, rätselte super-lupo – ›wie kann er mir das nur antun?‹ jetzt. wo super-lupo doch nicht wusste, wie er wen küssen konnte während des ebenfalls im argen verdämmernden one-night-stands. ein one-night-stand, der ja wiederum lupinchen anlocken würde. denn, da war er sich sicher, lupinchen würde sich vor eifersucht rückwirkend wieder in ihn verlieben. super-lupo unterstellte lupinchen damit zwar, ihre emotionalität einem revanchismus unterzuordnen, doch das nahm er in kauf. ›revanchistinnen sind sexy und wissen, was sie wollen‹, dachte er und fügte in gedanken hinzu: ›bitte mich!‹

die von kleingeistern zu unrecht verbrämte eifersucht verhalf ihm wieder zu girl. ›missgunst – du bist echt der champ!‹, freute sich super-lupo. gewinnen war modern. jetzt musste er sich nur noch einen gottverdammten one-night-stand-masterplan ausdenken. na ja, vielleicht nicht so hoch hängen. den blick für das machbare öffnen. also splitter-ideen. ›ich schaffe zwei, drei, viele kleine pläne‹, dachte super-lupo. als erstes, logisch: losgehen.

i don't like those drugs that keep ya thin

die letzte chance, aus dieser one-night-stand-nummer rauszukommen, hatte super-lupo vorgestern verpasst. im gespräch mit lupinchen. treffpunkt lebensmittelladen: beide gingen immer in den gleichen. sie hatten sich getroffen. zwischen ohrenstäbchen und mon chérie hatte sie ihm angeboten, doch freunde bleiben zu können. jaja, die herrlichste umschreibung für die größte niederlage der welt. wie kann man überhaupt nur glauben, mit jemand befreundet sein zu können, der einen nicht attraktiv genug findet, um einen mit zunge zu küssen? welche auslegung von freundschaft war das denn? irgendwas kirchliches vielleicht? oder doch so eine art sportvereinskameradschaft? wobei aber auch gemeinsames duschen nach abpfiff bei dieser geschichte außen vor bleiben musste.

ich schätze dich als mensch meint nichts anderes als: *ich finde dich so hässlich.* super-lupo wusste, dass das gemein war, dass das schrecklich gemein war. und aufgrund dessen hatte super-lupo das lupinchenangebot im supermarkt vorgestern ausgeschlagen. mit allem, was dazugehörte: übersprudelndem pathos und bebender stimme. denn super-lupo wollte ja alles. und jetzt würde er es sich beschaffen. stück für stück.

er versprühte discount-raumdeo auf seine bereits angekleidete erscheinung, steckte einzelne zigaretten in die jackentasche und löschte beim rausgehen das licht. er war zu allem entschlossen, leicht high und schon auf der straße.

handentspannung

dort regierte monday-late-night-glamour. drei uhr morgens. mondäne alkoholiker beider geschlechter trafen auf bäcker auf dem weg zur arbeit.

super-lupo erreichte das viertel neubau-nord seiner stadt. zwischen zelten und stillgelegten tuchfabriken sah er die leuchtschrift des one-night-stand-inn. ein letztes mal frische luft, dann öffnete er die schwere tür. *wenn nicht hier – wo dann?*

hinter der tür erwartete super-lupo ein kurzer gang, in dem nichts zu sein schien bis auf verblichene poster und halbzerrissene plakate, die allesamt für ereignisse warben, die mindestens zwei jahre zurücklagen. was hier nun geschah, bedurfte wohl keiner werbung, es war zu ungroovy, als dass selbst die abgebrühtesten werbetexter der branche es mit einem netten plakat hätten versehen können. jemand rief super-lupo etwas zu. er erschrak. jemand saß in einem wandverschlag dieses ganges. super-lupo verstand ihn nicht komplett, nur so etwas wie *einzelherren zahlen das doppelte* – der fluch der steuerklasse eins. selbst in diesem wirtshaus im spessart wurde man ihn nicht los.

super-lupo zahlte das doppelte, um als gegenleistung mit einem stempel auf dem handrücken traktiert zu werden. *erledigt* stand dort nun zu lesen. weiter, weiter. der bauch der nachtbar. super-jonas in seinem verrauchten wal. er schob einen vorhang zur seite und hereinspaziert. ein mittelgroßer raum. qualm tat in den augen weh, die musik spielte in angemessener lautstärke vulgäre chansons. auf jedem tischchen stand ein einzelnes licht mit auffallend schwachem schein. dieser erleuchtete nicht einmal jene personen, die – vermutlich – an den tischchen platz genommen hatten.

super-lupo entschied sich für die bar, um sich bei der platzwahl nicht von einem – vermutlich – besetzten tisch zum nächsten entschuldigen zu müssen. die theke war kurz und leer. super-lupo hopste in seiner unbedrohlichen art auf einen der hocker. sicher, hier waren noch andere gäste, in den nischen, im waschraum und unter den fünf-watt-birnen der tischchen. nur wirklich sehen konnte super-lupo gar keinen. ›toll unheimlich‹, überlegte er.

unheimlich wurde auch nicht weniger, als eine frau hinter der bar aufstand, um ihn zu bedienen. »was?«, fragte sie offenbar verschlafen. »oh«, wunderte sich super-lupo, »ja, haben sie dahinten etwa gelegen?« die barkeeperin gab knapp zurück: »ist doch logo.« super-lupo guckte sie erstaunt, beinahe bewundernd an. die frau freute sich etwas und setzte ihre brille auf. meist wurde sie nur geil angeguckt. aber in jedem fall nie bewundernd. »ich konnte nicht umhin zu bemerken, dass du mich für das hinter-der-bar-schlafen bewunderst. wie kamst du darauf?«, sagte sie mittlerweile gänzlich wach. super-lupo runzelte die stirn, bevor er antwortete: »ach, das ist mir einfach so eingefallen. ich bin 'n typ, dem fällt öfter mal was ein. auch viele so lustige sachen.«

und busen

beide schwiegen. aus dem augenwinkel versuchte er das bargirl zu mustern. sie stand unbeteiligt hinter dem tresen. offenbar wollte sie nicht wieder schlafen, hatte aber auch nichts wirklich anderes vor. super-lupo verdrehte die augen – um sie unauffällig mustern zu können. im geiste notierte er: ›frau, zwischen 20 und 40 jahre alt, haare, bekleidet.‹ okay. er musste wohl doch direkt hinschauen. also wandte er sich ihr schön zu, schließlich musste er ohnehin bestellen. wegen gevatter alk, dessen pegel sich so weit gesenkt hatte, dass super-lupo dadurch einbußen in seinem lebensgefühl hinnehmen musste. und wegen dem splitterplan, nun die bardame durch sophistication zu beeindrucken. und er verlangte: »bitte ein koala-weizen.« die frau verzog das gesicht. sie war noch nicht lange im keeperinnen-biz. und las nie die cocktail-bücher. so sah sie super-lupo traurig an und sagte: »dieses getränk kenne ich noch gar nicht. ich bin erst auf seite drei in dem hauptbuch.« – »oh«, super-lupo schaute jetzt auch traurig.

immerhin konnten beide einander nun gut sehen. das mädchen war noch nicht so alt, trug einen mit spangen verzierten, unruhigen haarschnitt. super-lupo ergänzte: »ab wann kennst du mein getränk denn? ab bald?« – »oh«, sagte sie, »das wird eher noch dauern. ich hatte überhaupt keine richtige einführung, als ich hier angefangen habe. heutzutage muss ja alles schnellschnell gehen. und jetzt soll ich mir alle getränke der welt anlesen. aber ich bin zu nachlässig. ich will lieber hinter der bar dösen.«

super-lupo kramte eine zigarette aus seiner tasche. am filter war sie schon geknickt, er riss ihn kurzerhand ab. mit seinem feuerzeug tat er das nahe liegendste. in der unterhaltung dachte er nicht daran. »das mit dem getränk ist nicht so schlimm. mach mir stattdessen einfach ein bier royal.« in den kleinen augen der angesprochenen flackerte skepsis auf. »phantasierst du diese namen etwa herbei, um auf dich aufmerksam zu machen?« – super-lupo rutschte unruhig auf seinem hocker herum, superhochstapelte aber weiter: »wieso? ampari, heroin-waikiki, bier royal, das klingt doch wie, als wenn es das gibt. ich glaube sogar zu wissen, dass bier royal halb bier, halb kirschwasser ist. und mit ganzen kirschen drin.« sie seufzte: »okay, das kann ich dir machen. aber ich muss dich warnen, wir haben nur cocktailkirschen. keine neu gepflückten oder so.« – super-lupo rauchte. und nickte. cocktailkirschen statt herzknirschen. das konnte gehen. nicht jede bar war eben auf captain fantasy eingestellt.

das mädchen begann mit dem zusammenstellen. als sie sich nach hinten bückte, um das kirschwasser aus einem schränkchen herauszufischen, schaute er ihr absichtlich nicht auf den hintern. ha! damit verhöhnte er dekaden maskuliner lebensmodelle. kam gut, das kam gut. das barmädchen schenkte ein. »warum hast du eben nicht auf meinen hintern geguckt? weißt du, als ich ihn auf der kirschwassersuche hochgehalten habe?« – super-lupo wunderte sich, dass sie tatsächlich glaubte, er könne sich einfach so mit ihr über ihren hintern unterhalten. er sagte: »wenn wir über deinen hintern sprechen, falle ich aber tot um.« – das mädchen sah ihn wieder traurig an: »gell, weil er so fett ist, oder?« – »was? nein!«, rief super-lupo unglücklich und lauter als nötig. dazu fing er an, auf seinem barhocker gefährlich zu taumeln. das bargirl hatte ein einsehen. und reichte ihm sein bier royal. ein prosit der verlegenheit. super-lupo trank. das kirschwasser schenkte ihm die fassung zurück. return to sender. das mädchen, das er in gedanken bereits doeserella nannte, schrieb unterdessen etwas aufwändiges auf super-lupos deckel und schob diesen dann wieder unter sein glas. das musste man sich mal ansehen. dort stand, jegliche weiße fläche des deckels in anspruch nehmend: *bier royal, rezept des gastes, wert ca. 3,20 mark.* so viele worte, und – genau genommen – nichts persönliches. die bardame schaute ebenfalls auf die runde sache. sie schmunzelte: »nur für ›viele grüße‹ war kein platz mehr.« super-lupo lächelte zurück: »du hast auch lustige einfälle. mädchen mit humor find' ich gut.«

es gefiel der bardame, wie super-lupo sich selbst in ihr liebte. ›das ist sicher kein narzissmus‹, dachte sie so. und super-lupo ergänzte: »genau, bloß unflexibilität – man liebt, wie man's kennt.« sie wurde unruhig. »liest du etwa meine gedanken?« – super-lupo schüttelte den kopf. »iwo, so was geht ja gar nicht. die gedanken sind frei, kein mensch kann sie wissen. lalala der jäger. kennt man doch aus der mundorgel.«

telekinese

das mädchen war zufrieden. überlegte sich dann aber, an etwas besonders seltsames zu denken, um die telepathischen fähigkeiten des merkwürdigen gastes auf die probe zu stellen. sie blickte ihn provozierend an: »na, was denke ich jetzt?« super-lupo nahm einen schluck bier royal, setzte das glas ab, sah sie angestrengt an. je zwei finger an seine stirn getippt. »du denkst ...«, einen moment war alles ruhig. »an lupinchen!« sofort setzte die geräuschkulisse des hintergrunds wieder ein. fast ein wenig lauter als zuvor. so als wollte jedes klappern, jedes grummeln sein missfallen zum ausdruck bringen, auf diese prophezeiung gewartet zu haben. »menno«, das mädchen trauerte den übernatürlichen fähigkeiten ihres gegenübers nach. sie waren genauso fort wie nie da gewesen. und wer war lupinchen? wieder ein selbst erfundenes getränk? durchaus denkbar. aber »ich habe doch an ein pony gedacht!«, sagte sie beleidigt. super-lupo schaute sie an, wissend. zögernd ergänzte sie, beinahe flüsternd: »ist lupinchen ein pony?«

super-lupo nickte ihr geheimnisvoll zu. »ein pony-ähnliches mädchen.« hinter der bar wurde gestaunt. »wie heißt du?«, fragte sie. super-lupo kannte die frage. und die antwort musste lauten: »ich bin super-lupo.« na. dann. »ich komme aus der innenstadt. und ich bin workaholic – oder wie heißt das, wenn man von der flasche nicht loskommt?«

das mädchen beäugte den abgehangenen post-slacker-jesus aus der innenstadt. »hihi, innenstadt. hihi, workaholic. da erlebst du sicher massig abenteuer«, gab sie ihm schnippisch mit. super-lupo lächelte begeisterungsfähig hinter ihre theke. ja, ein abenteurer, das war er. das war jeder, wenn man nur lang genug konstruierte. super-lupo sagte: »na, ich erlebe so langweilige abenteuer. aber darum geht es mir nicht. ich will nur geben. und, weißt du, abenteuer – das hat ja gleich so einen fuck flavour von fäuste in den himmel, karabinerhaken und andere-im-stich-lassen.«

das mädchen fand das nicht plausibel, aber sie wollte auch nicht immer im stich gelassen werden. sie sagte: »wenn du niemand im stich lassen möchtest, warum bist du dann im one-night-stand-inn unterwegs?« super-lupo schluckte schwer. an seinem cocktail. »ich bin da so ’n klein bisschen reingeraten und wollte nicht der sein, der im ajz das licht ausknipsen muss.

aber am liebsten würde ich hedonismus zur rede stellen und ihm sagen: ›wir sehen uns in der hölle, alter arsch.‹« sie lachte. ihn aus. das schmeichelte super-lupo. er fühlte sich so gut, so very entertaining. er fragte: »und, und wer bist du?« – »ich bin doeserella«, sagte sie. super-lupo wurde ein bisschen blümerant: »na, hör mal, wer kann denn hier gedanken lesen?« – »wie meinen?«, gab doeserella, das uhrwerk der gemütlichkeit, zu verstehen und lächelte viel sagend. die sache nahm an brisanz zu. er würde sie fragen, er war ja nicht blöd. er würde sie, er musste sie fragen. und nicht nach diesem entmenschten one-night-scheiß. nein, nach liebe, beziehung. verscheuchend offen, völlig undiplomatisch das ganz große ding beschwören. das viel zu große. er sah zu doeserella, deren augenlider schon wieder auf halber höhe abhingen. er musste sie haben. darum ging es die ganze zeit, begriff er.

und hey, wenn es mit girl nicht klappte, hatte man ja noch immer – never-ending handlungsoptionen sei dank – ein as im ärmel. selbstmord.

robbe vs. bürzel

frauen geben nichts her

ALLES IST HÖLLE – WIR MÜSSEN IN DIE DISCO

[robbe und bürzel. zwei junge männer in akademischer ausbildung. kompetenzen in cobol und c++ und quake gehen ihnen nahe. ansonsten aber haben sie es nicht so drauf. wissen nicht, was so abgeht. dazu hängt ihnen nach: verwaschener streber-look und brillen gegen schlechtes sehen. und dann noch die erkenntnis im blauen brief: cobol macht dich so fertig und ist trotzdem nicht die scheißwelt. etwas anderes ist die scheißwelt. how could hell be any worse? robbe und bürzel spüren die biologie und die gesellschaft im nacken. los: partnerschaft. los: girls. man muss. man muss. immer.

samstagabend. ein abend, der schwer wiegt. bürzel besucht robbe in dessen appartement. 20 uhr, können sie lesen, wenn sie ihre hemdsärmel zurückschieben.]

bürzel: hey, robbe, wollen wir heute »wetten dass..?« gucken?
robbe: nein, wir wollen mal weiber.
bürzel: schon klar, schon klar. aber wie sollten wir das anstellen?
robbe [ungehalten]: keine ahnung, du sack.
bürzel: vielleicht läuft im privaten fernsehen später ein erotischer film. darauf können wir es uns ja selbst machen. räumlich getrennt natürlich. spanische wand oder so.
robbe [wütend]: von wegen. mit solchen aktionen driften wir straight on to homo-ecke.
bürzel: merkt doch keiner.
robbe: jaja, von wegen. wenn wir immer zusammenhängen, muss der verdacht bei den bräuten aufkommen. die sprechen mich nicht an, weil sie glauben, du bist mein mann.
bürzel: glaub' ich nicht. die sprechen dich nur nicht an, weil die nicht wissen, dass du existierst.
robbe: kommt natürlich noch erschwerend hinzu. aber ein weiterer samstag vor dem fernseher macht uns auch nicht gerade bekannter.
bürzel [zappt anhand der fernbedienung durch verschiedene sender. fragt mäßig interessiert]: und was schlägst du vor?
robbe [verspackt agitierend]: panik! ich brauche eine freundin oder einen sofort-fick. und zwar an diesem wochenende.
bürzel: man kann es aber auch nicht erzwingen. jeder deckel findet mal seinen topf, heißt es so schön.
robbe: siehst du, genau das meine ich. die einsamkeit lässt dich total verblöden. hör dir doch mal selbst zu. [murmelt] ist ja nicht zum aushalten.
bürzel [hat vom zappen abstand genommen. beleidigt]: dankeschön. meinetwegen gehen wir ruhig in eine disko. aber da lernen wir doch eh keine kennen.
robbe: verdammt noch mal. alle lernen da weiber kennen.

kommt oft genug im fernsehen. disko ist es. na klar, du spasti. was denn sonst? sollen wir etwa alles auf eine karte setzen und versuchen, bebrillte pferde auf einer trekkie-convention abzubekommen? oder nicht zu vergessen die vielen frauen, die bei uns rollenspielern immer auftauchen.

bürzel: komm, das eine mädchen auf der convention letztes jahr wolltest du doch auch zur freundin haben.

robbe: ja, das war aber trotzdem voll das bebrillte pferd. und selbst da hat es nicht geklappt. sie hatte einen freund. karl-heinz fettsack oder so.

bürzel [langmütig]: was macht die eigentlich jetzt?

robbe [angespannt]: jedenfalls nichts mit uns. alles ist hölle. wir müssen in die disko. so kann das nicht bleiben. nichts kann so bleiben.

bürzel: in der disko kostet die cola vier mark.

robbe [gereizt]: und du wirst diesmal bier trinken. die halten uns doch für streberleichen, wenn du nicht auf der stelle lockerer wirst.

bürzel: aber meine brille darf ich doch anlassen?

robbe: nein.

bürzel: zieh du doch deine aus.

robbe: meine sieht ganz cool aus.

bürzel: wer sagt denn so was?

robbe: ich trag' mein modell zumindest nicht seit der fünften.

bürzel: ich hab' jetzt schon 'ne andere brille seit früher – und das weißt du auch.

robbe: jaja. und die weiber reißen sich um uns wegen unserer beschissenen inneren werte.

bürzel: also, ich möchte schon nicht so eine oberflächliche ...

robbe [unterbricht]: kapier doch endlich, dass wir nicht in der position sind, forderungen zu stellen.

bürzel [unwillig]: menno, da könnten wir ja gleich zu einer prostituierten frau gehen.

robbe: das werden wir auch müssen, wenn du weiter die deckellegende zitierst.

bürzel: ich sag' aber gleich, bei einer prostituierten erhalte ich sicher keine versteifung. so auf kommando.

robbe: dann macht die dir's mit der hand.

bürzel: ehrlich gesagt, da würde ich mich aber sehr genieren.

robbe: ich wohl auch.

bürzel: im puff ohne steifen – das wird ein teurer spaß.

robbe: so weit muss es nicht kommen. jetzt: disko.

bürzel: und dann one-night-stand ohne steifen. die wird aber augen machen. damit rechnet die nicht. die bekommt sicher nur so nächte mit gemeinen mackern und sportlern ab und freut sich so sehr über sensible typen, die nicht auf kommando können.

robbe: herrlich! wir brauchen einen one-night-stand. und wenn wir keinen steifen haben, können wir der das dann voll sympathisch vermitteln.

bürzel: hey, ich hab' meins im spaß gesagt.

robbe: ich meins aber nicht.

[bürzel schaut robbe ängstlich an]

robbe [zieht den sitzenden bürzel mehr symbolisch am arm hoch]: los, bürzel. wir müssen uns zurechtmachen.

bürzel: ich hab' aber jetzt nur meine normalen streberklamotten an, für die ich mich auch gar nicht schäme.

robbe: ich leih' dir was.

bürzel: dein zeug ist doch genauso scheiße.

robbe: was die sache nicht gerade leichter macht.

bürzel: wollen wir's nicht einfach verschieben? das nächste mal käme ich dann mit einer blue jeans und so.

robbe [hat von bürzel abgelassen, läuft rastlos durch den raum]: nix verschieben. bleib halt so. außerdem siehst du heute gar nicht so verpickelt aus wie sonst.

bürzel [geschmeichelt]: ja, findest du? so was nettes sagst du selten.

robbe: papperlapapp. und hör jetzt auf, mich anzustrahlen – denk an die sache mit der homo-ecke.

bürzel: weißt du was? jetzt hab' ich richtig lust. heute geht was. ich fühl' mich schön.

robbe: jawohl. übermut, so was brauchen wir. und dann geht es zack, aber zack an die miezen.

bürzel: wow, haltet euch alle fest: die hässlichen kommen.

robbe: wir kommen, um zu fummeln.

bürzel: genau, wir sind auch nicht schlechter als die anderen.

robbe: richtig. wir wissen zwar nicht, wo der busen ist, aber wir können es uns ja denken.

bürzel: beileibe können wir uns das denken.

robbe [berauscht]: und den rest finden wir auch schon und reiben dran.

bürzel: ich glaub', ich brauche eine kalte dusche.

robbe: überhaupt mal eine wäre angebracht.

bürzel: man will sich's ja auch nicht durch den gestank kaputtmachen.

robbe: nee, das auf keinen fall.

bürzel: und was wir noch brauchen: einen anmachspruch. der uns tür und tor öffnet.

robbe: wie wäre: »ey, püppi, kannst du deinen ekel überwinden und meinen freund aus mitleid küssen?«

bürzel: ich weiß nicht.

robbe: ja klar. ekel ad acta legen. das wäre zu verletzend fortschrittlich für einen großteil von allen. am besten, man bedient sich eines klassikers wie: »du hast gute augen, lass uns zu einer melange der bodies verschmelzen.«

bürzel: ich glaube, wenn man das sagt, wird der frau sehr schlecht.

robbe: und nicht mal zu unrecht. aber schöner weiß ich's nicht. vielleicht einfach ohne worte an ihren busen fassen?

bürzel: ich bin kein anwalt, aber das erfüllt den tatbestand von belästigung.

robbe: oder nötigung.

bürzel: so was halt.

robbe: geldstrafe oder knast?

bürzel: schätze geldstrafe.

robbe: hm, wird sich zeigen.

bürzel: ich glaube, wir müssten dann jetzt auch los, oder?

robbe: glaub' ich auch. die ersten in der disko zu sein ist ja auch so ein makel, den man nie ablegen kann.

bürzel: scheinbar nicht.

robbe: ich zieh' dann mal meine jacke an.

bürzel: lass uns aber erst noch ganz kurz gucken, wer heute bei »wetten dass..?« zu gast ist.

[schaltet genau dorthin]

robbe: ich werd' nicht mehr: roswitha schreiner!

bürzel: und silvia seidel!

robbe: wunderbare frauen.

bürzel: wunderbar!

robbe [verschluckt sich begeistert an der eigenen spucke]: und da! und da! da kommt rebecca simoneit-barum!

[die augen weit aufgerissen]

bürzel: lieber nächste woche gehen?

robbe: lieber nächste woche gehen!

bürzel: ich hol' die spanische wand?

robbe: klasse.

pickelfaces are back in town

prolog

WIR HABEN COOLE KAMPFNAMEN UND NACH DER AUSBILDUNG EINE ZUKUNFT IN EINER DER MINEN DES E-BIZ

[robbe und bürzel sitzen bei robbe vor dem fernsehapparat. es ist irgendein tag in der woche. wie immer. robbe befindet sich auf seinem bett, lehnt mit dem rücken an der wand, neben ihm eine leere schüssel chips, während bürzel auf dem boden platz genommen hat und zu dem tv-gerät nur sehr kurzen abstand hält. neben ihm ist nicht mal eine leere schüssel chips. er atmet hörbar und scheppernd aus und ein. seit stunden ist kein wort mehr gefallen. draußen ist es abend und dunkel. im zimmer leuchtet neben dem fernseher noch eine matte beistell-lampe.]

robbe [gepresst]: möchtest du bitte aufhören zu atmen?
bürzel [nach einer halben minute, traurig]: meinst du, *so* zu atmen? hörbar und scheppernd? oder ganz?
robbe: das kannst du dir selbst aussuchen. ich bin nur der typ, der dir an diesem punkt deines lebens sagt: es geht so nicht weiter.
bürzel [lässt noch längere zeit verstreichen, antwortet dann]: vielleicht ist dieses scheppern teil meiner aura. und damit soll man nicht spaßen.
robbe [ruhig]: deine [verächtlich] »aura« ist der mühlstein um meinen hals. die und dein geschepper ziehen mich nach unten. sie geben mir das gefühl, eine schlechte zeit zu verleben.
bürzel [unruhig]: einen großteil meines unbeliebten charmes erhalte ich von meinem asthma und meiner flechte. [emphatisch] lass mich der mann sein, der ich bin.
robbe: glaub mir, das würde ich allzu gern tun. aber denk doch auch einmal an mich, wenn du da so schepperst. denk an den armen alten robbe hier auf seinem hässlichen bett auf seiner zerschlissenen decke mit der leeren schüssel chips neben sich – denk an den armen alten robbe, wie er mit seinem gebeugten rücken gegen die verdammte wand lehnen muss. was für dich nur ein stechender schmerz beim atmen ist, flüstert mir hier hinter dir ins ohr: »robbe, hör dir das an, du bist auch nicht besser als mister schepper.« weißt du? [aufbrausend, lauter] »robbe, hör dir das an, du bist auch nicht besser als mister schepper.« und, bürzel, ich halte das einfach nicht mehr aus. ich höre stimmen. wegen deiner atmung. aber andere mütter haben auch schöne nerds – und ich sehe mich dieser schepper-geisterbahn nicht verpflichtet.
bürzel [kalt]: ist ja interessant. so kommt das bei dir an? darf ich da mal fragen, wo du dich in der story eines robbegemäßeren lebens eigentlich gerne sehen wollen würdest?

robbe [versöhnlicher]: na ja, dass ich halt mehr so mit robbetypen rumhängen würde.

bürzel [wenig versöhnlich]: so was wie der club der fetten schweine?

robbe [ungläubig]: was? erlaube mal!

bürzel: ach, tut mir leid, da bin ich wohl zu weit gegangen.

robbe [beleidigt]: ja. damit und mit deiner schnarchfolter.

bürzel: ich hab's aber satt, die nummer zwei in der clique zu sein.

robbe: da musst du erst mal an mir vorbei.

[langes schweigen]

bürzel: ich finde, wir haben eine gute zeit – auch ohne alles. wir haben unseren gefürchteten quake-clan, wir haben dabei waffen in dem und dem ausmaß, und wir brauchen nicht mal die cheats, um gegen die anderen online-spinner zu triumphieren, wir haben coole kampfnamen und nach der ausbildung eine zukunft in einer der minen des e-biz.

robbe [offen]: rollenspiele, quake – ich weiß nicht. ich wäre aber auch gerne in echt robbecop – und nicht nur im web-clan.

bürzel [schnauft]: oje, wird das jetzt so ein gespräch, bei dem ich besser rausgehen sollte?

robbe [jammert]: ich bin enttäuscht!

bürzel: sag mal, hast du noch eine leere schüssel chips?

robbe [jammert lauter]: bürzel, du hast flechte. du hast asthma. wer dich nicht kennt und aus einem sozialen zusammenhang kommt, denkt: »na ja, der junge kann aber bestimmt wenigstens gut zuhören.« aber das stimmt nicht.

bürzel [pathetisch scheppernd]: nur weil man ein vieraugenwrack ist, muss man sich doch nicht alles geben. und überhaupt, ich kann prima zuhören, nur passt mir nicht, was du so sagst. diese nummer [spricht überzogen hysterisch]: »ich wäre gerne robbecop und würde die scheiden-siedler von catan in einer postapokalyptischen kriegszone retten und ihnen brunnen bauen – und im hallenbad meiner stadt beklatscht werden.« hab' ich was vergessen? – natürlich: »ich würde gerne mit cher schlafen und dass sie mir nachher sagt, ich war besser als ike.« [spricht wieder in eigener zunge] robbe, wach auf. cher ist nicht die mit ike. alles mist, alles stückwerk.

robbe [mit einer zusammengerollten zeitung, überraschend temperamentvoll, aufspringend]: so wird es sein! hier, lass dir den schürhaken schmecken, den ich auf dich herabregnen lasse. [besinnt sich, hält inne, lässt sich wieder aufs bett zurückfallen] scheiße. scheiße, vielleicht hast du recht.

[der rest ist. schweigen und verschwitztes, an diesem abend wenig erbauliches online-zocken von unreal tournament]

papa don't preach, we're in trouble deep

MÄDCHEN ISST AUSTERN?

[einige tage später]

bürzel [besucht robbe wieder in dessen appartement. nickt dem auf dem bett liegenden robbe zu]: hi, robbe. ich bin's, der bürzel. du glaubst nicht, was bei mir die tage passiert ist. ich bin jetzt magier der neunten stufe beim magischen auge. und habe meine trollarmee aufgestockt – mit 200 berittenen. durch eine extrakarte und ein paar total verrückte tricks. außerdem hat mir gestern mein vater gesagt, er kann mich nicht leiden und möchte auch nicht länger so tun müssen als ob.

[robbe murmelt kaum hörbar]

bürzel [den blick auf den freund gerichtet, erschrocken]: hey, robbe. du bist ja leichenblass und zitterst am ganzen leib. was ist denn los? ist es, weil dir noch drei erfahrungspunkte und das froschelixier fehlen, um überhaupt mal auf die siebte stufe zu kommen? du hast ja vor allem auch die erfahrungspunkte und den unverwundbarkeitsmantel aus der roboterschlacht ...

robbe [unterbricht]: halt doch endlich die fresse. halt doch endlich die fresse! diese spinnerpunkte interessieren mich einen dreck.
bürzel: na typisch. da spricht der neid. wer ist denn derjenige von uns, der nie ohne seinen magic eye button an der jacke das haus verlassen würde?
robbe [provozierend]: den habe ich mir abgerissen. ab-ge-ris-sen!
bürzel [zuckt zusammen, dann tränennah]: ach du liebes bisschen. [läuft aufgeregt im zimmer auf und ab] nein, nein!
robbe: hör auf, hier rumzurennen. die trottelmedaille ist fort. ich brauche magic eye nicht mehr.
bürzel [bleibt stehen, sieht robbe hilfe suchend an]: oh, oh, robbe, du weißt doch nicht, was du da sagst.
robbe: nie bin ich so klar gewesen wie in dem moment, in dem ich mir diesen gelben stern des rollenspielers vom revers gerissen habe. er hat mich lange genug behindert.
bürzel [schluchzend, kaum hörbar]: wobei denn bloß?
robbe: du stellst fragen. bei frauen natürlich. die hassen rollenspieler.
bürzel [hysterisch]: das hat dich doch bis jetzt auch nicht gestört. hefte dir den button sofort wieder an. komm, ich mach dir das. [sucht zitternd robbes jacke an der garderobe]
robbe: fass hier nichts an, du freak. seit heute ist eben alles anders. wir haben eine frau!
bürzel [kaum weniger hysterisch]: eine frau? und was wird jetzt mit meiner trollarmee?
robbe [erhebt sich, sitzt nun auf dem bett. weiterhin auffällig blass]: falls du es noch nicht gemerkt haben solltest: diese trollarmee gibt es nur in deinem nerd-kosmos. keiner sonst will davon was wissen. es bedeutet einen scheiß.
bürzel: die anderen aus der convention interessiert's, und nur weil du noch auf stufe sieben rumkrebst ...

robbe: die anderen sind verwachsene typen wie oskar matzerath oder [zieht den bauch ein] fette fußabtreter. also, jetzt gib einen frieden. magier, siebte stufe, hexenpunkte, das wurde doch nur entwickelt, damit wir streber nicht noch abwegigere vernichtungswaffen erfinden, und im nebeneffekt hält es uns davon ab, frauen zu streicheln, bis wir kommen.
bürzel: so habe ich das noch nie gesehen. vermutlich auch, weil es gar nicht stimmt. aber was hast du denn damit gemeint, dass wir eine frau haben?
robbe [gönnerhaft, dennoch unvermindert zittrig]: tja, tja, der gute alte robbe hat mal wieder seinen guten alten robbe-charme spielen lassen, und sofort hatte er die dicksten fische an seiner angel.
bürzel: du hast doch gar keinen charme.
robbe: jaja, schlaumeier. natürlich hatte auch kommissar zufall seine hand im spiel.
bürzel: also …?
robbe: also, vorhin gehe ich doch so normal durch das treppenhaus, will in mein appartement, und da treffe ich ein mädchen zwischen dem ersten und zweiten stock. der war eine kiste mit büchern runtergefallen. im gang lagen lauter bücher. ich will schnell drüberstolzieren, tu, als würde ich das nicht sehen, fall fast hin. da sagt die: »kannst du mir bitte beim aufsammeln helfen?«, und ich tu, als hätte ich nichts gehört, und will noch so weg, da hält die mich am arm fest und sagt: »du, hilf hier!«
bürzel [feuer und flamme]: ist ja 'n klassischer anfang eines pornofilms.
robbe: genau, dasselbe habe ich auch gedacht. ich also auf die knie, um die bücher aufzuheben und meine erregung zu kaschieren.
bürzel: hast du echt mit 'nem steifen gearbeitet?

robbe: woher sollte ich denn wohl so schnell einen steifen nehmen, nixmerker? das war nur dramatisiert gesagt, um den effekt zu erhöhen.

bürzel [beflissen]: ah, verstehe.

robbe: also, ich aufm boden, sage kein' ton und schmeiß' in rekordzeit deren bücher in ihren karton zurück. da sagt die, sie zieht hier gerade ein, ist neu in der stadt und danke, dass ich derart schnell aufsammeln könnte. ich sag' halt ganz cool: »ja.« darauf sie, ob ich auch hier wohnen würde und ob ich auch die miete zu hoch fände. und ich immer »ja.« und die immer weiter. ja, und plötzlich sagt sie, wir seien doch ungefähr gleich alt und ob ich ihr nicht mal die stadt und so zeigen könnte. da sage ich: »hä?«, und die guckt mich nur an. alles klar, das war deren ernst.

bürzel [mit großen augen]: das erfindest du jetzt, oder?

robbe: nein. da fragt die, was ich freitag mache. ich sage, mit einem freund tigere ich durch das nachtleben. und die nur: »klasse, da schließe ich mich an.«

bürzel: morgen ist freitag, und dein einziger freund bin ich.

robbe: was glaubst du denn, warum ich am ganzen leib zittere?

bürzel [konsterniert]: ein mädchen.

robbe: ich habe ihr meine zimmernummer gesagt und bin gleich wieder runter. sie ruft mir noch hinterher: »ich dachte, du wolltest nach hause.« ich nur: »nein«, und bin wieder mit dem bus in die stadt und da gleich in die feinkostabteilung unten bei hertie. und hab' zwei dutzend austern gekauft.

bürzel: austern?

robbe: ja, und jetzt brich nicht zusammen. wir müssen dem druck standhalten.

bürzel: mädchen isst austern?

robbe [ungeduldig]: mädchen isst nicht austern. die sind für uns. um in sinnliche laune zu geraten.

bürzel [den letzten satz übergehend]: du hast tatsächlich zwei dutzend austern gekauft, um deine ich-kriege-keinen-steifen-2001-paranoia per placebo zu besänftigen?

robbe [aufbrausend]: natürlich nicht – und selbst wenn es so wäre, könntest du mir gar nichts anhaben.

bürzel: wie viel haben die denn gekostet?

robbe: das kann dir wohl egal sein, wie viel mir ein placebo-steifer wert ist.

bürzel: für das geld könntest du dir bestimmt schon diese tabletten beim arzt kaufen.

robbe [in das kreideweiße gesicht mischen sich rote flecken]: was? spinnst du jetzt völlig? ich gehe sicher zu dem arzt, den ich seit meiner kindheit kenne, und sage: »doc, einmal steifungssalbe, und grüße an die frau gemahlin.« außerdem funktioniert bei mir noch alles tadellos. nur vielleicht nicht auf bestellung. aber da ich bisher noch keine fummelchance hatte, kann ich es mir wohl kaum leisten, die, die irgendwann kommt, zu vergeigen.

bürzel: schrei mich bitte nicht so an. ist doch dein bier, wenn du hunderte von mark in fischige aphrodisiaka steckst. ist schließlich dein geld.

robbe: mit den austern werden wir doch auch eindruck schinden können. bei dem mädchen. austern. la dolce vita. das ist besser als pizza frutti di mare von el tonio, mit vermutlich nur quallen und seepferdchen drauf. mann, die denkt, wir sind cool.

bürzel: oder sie denkt, wir sind verpickelter jetset, der von selbst keinen steifen kriegt. also, ich werde dem mädchen ganz normal und unverkrampft gegenübertreten.

robbe: wenn du so anfängst, bist du gleich raus aus der nummer. das ist nicht die lange star-trek-filmnacht beim fetten eddie in verkleidung und mit einem berg nachos plus saucen. das hier ist die wirklichkeit. das ist ein mädchen. ihr name ist dipsy.

bürzel: oh, oh.

[robbe und bürzel sitzen beide auf dem robbebett. sie denken nach]

robbe: morgen ist freitag.

bürzel: dann ist heute donnerstag. wir können uns als einstimmung das liebesmagazin im kabelprogramm ansehen. da lernt man was, es werden beiträge über busen vorgeführt, und die moderatorin, die ist ein echt heißer feger. [leckt sich über die lippen]

robbe: die moderatorin ist ein zwei meter dreißig großer transvestit. stehst du bitte vom bett auf, wenn ich hier sitze? du bist mir unheimlich.

bürzel [hysterisch]: das ist doch eine frau! das ist doch eine frau! das weiß ich!

robbe: du weißt doch über frauen weniger als kaspar hauser zu seiner besten zeit im wald. das wird von einem mann moderiert, der eine perücke aus dem nuttenfundus trägt.

bürzel [jammernd]: o weh, ich habe sie so verehrt wegen ihrer burschikosen art.

robbe: von meinem bett runter, hab' ich gesagt. ich ertrage deine abstruse nähe nicht. du bist mir zu abwegig.

[as tag goes by, irgendwann geht bürzel. zu sich nach hause]

what have you done for me lately?

SHOCKY, SHOCKING!

[nachts klingelt es an robbes telefon. dunkelheit. es klingelt nur weiter. nachttischlicht. robbe steht auf. geht zum tischchen, auf dem sein telefon steht, hebt ab]

robbe [so gut wie schlafend]: robbe.

bürzel [hyperaktiv und dreimal so laut wie robbe]: robbe! es ist so schrecklich. shocky, shocking!

robbe: hä, bürzel? es ist fünf uhr morgens. was machst du denn? sind deine scheiß eltern nicht da?

bürzel [hektisch]: eltern? wo? nein, nein! die schlafen noch. oder sind mit dem hund raus. diesem sympathischen flohfänger. den alle immer gleich ins herz schließen – [stockt] – robbe?

robbe [schnarch]

bürzel [schrill]: robbe! du sagst doch immer, wir sind als kumpels füreinander da? das ist doch so?

robbe [verschlafen, verärgert]: was? insistierst du da nicht vielleicht wieder auf irgendeinem kram, der im fernsehen kam? und den ich gar nicht gesagt habe?
bürzel [lacht gekünstelt]: hach, robbe, du bist mal wieder zu köstlich. aber ich, ich hab' ein problem.
robbe [ergeben]: und das verdammt noch mal wäre?
bürzel: ich habe da unten was.
robbe [unleidlich]: intimität – und da wendest du dich an mich? kannst du dich nicht einfach mit hormonblocker einreiben und mir jenen frieden schenken, den mir das wachsein seit jeher vorenthält?
bürzel: nein, mensch, robbe, da ist ein faustfarbenes etwas um mein glied, das sich dort rauf und runter bewegt.
[langes schweigen. man hört nichts als bürzels schepperatmung]
robbe: sag mal, könnte das nicht deine hand sein?
bürzel: oh, oh. [hält einen moment inne] stimmt. da bin ich jetzt aber erleichtert.
robbe: ich wünschte, ich könnte dasselbe von mir behaupten.

wir haben die erde nur von unseren kindern geliehen

WAS FÜR EIN ZEICHEN?

[tags darauf klingelt der telefonapparat bei bürzel]

bürzel: hallo?

robbe: ja, ich bin's. robbe. mensch, wo bleibst du denn? dipsy kommt doch in vier stunden!

bürzel: oh, tut mir fürchterlich sorry, robbe. und auch wegen gestern night, ich hab' mich da so gehen lassen. verzeih.

robbe [leidend]: tja, schon gut, was bleibt mir auch übrig?

bürzel [fahrig]: ey, tut mir echt so sorry.

robbe: schon gut, sag' ich. ach, und bitte, verschone dispsy und mich mit derartigen sponti-sprüchen. wir ziehen ja nicht mit der sprühdose und keinem humor durch die achtziger.

bürzel: dipsy und dich ... wollt ihr nicht lieber unter euch bleiben? ich stör' euer glück doch nur.
robbe: bei dir piept's wohl. mir ist jetzt schon speiübel vor aufregung. außerdem will sie ja einen cliquen-abend mit fun und stadt. nur wenn ich dir dann ein zeichen gebe, kannst du abhauen.
bürzel: was für ein zeichen?
robbe: ich sage: »geh heim, bürzel.«
bürzel: und was, wenn sie mich will?
robbe: dann bekommst du das zeichen erst recht.
[bürzel lacht]
robbe [ebenfalls]: jetzt: komm.

stunde vor acht

ICH GLAUBE, ICH WERDE
HEUTE MAL EINEN PENIS TRAGEN

[bürzel und robbe erwarten unruhig die ankunft von robbes nachbarin]

robbe: hör auf, schon wieder so zu atmen. das macht mich nervös.

bürzel: ich kann nur so atmen. ich hab' atemwegserkrankung.

robbe: asthma ist ja auch so das streberstigma. wie sehe ich aus?

bürzel: außergewöhnlich. das frisch gewaschene, stark zerknitterte hemd, die hellblaue karottenjeans. jetzt müsstest du nur noch die pickel mit deckweiß übermalen.

robbe: dann?

bürzel: ja. dann weiß ich auch nicht.

robbe: wir müssen uns zusammenreißen. die dipsy kommt. [überdreht, albern] ich glaube, ich werde heute mal einen penis tragen.

bürzel [keift überspannt]: ahaha! und dazu noch einen eintausend jahre alten cognac anbieten. [fällt um vor lachen]

robbe: ja. da lachst du.

bürzel [berappelt sich]: also, von den klamotten geht es echt. ich trage meine blue jeans, die an meinen komischen storchenbeinen rumschlottert. und einen sweater von fruit of the loom. hoffentlich mag sie das.

robbe: so viel schlechten geschmack haben mädchen normalerweise nicht. und warum bist du überhaupt trotz der sache mit der dipsy hier mit fettigem haar eingetrudelt?

bürzel: bitte, was? was ist mit meinem haar?

robbe: komm, vergiss es.

bürzel: mach' ich auch. deine panikmache mit dem aussehen ist sowieso voll kaputt. ist doch so was von herzlich unwichtig.

robbe: tut mir leid, dass ich mein selbstvertrauen nicht wie du auf die neunte magierstufe beim magischen auge fußen kann.

bürzel: daran knabberst du immer noch? morgen beim nächsten meeting schaffst du bestimmt auch die roboterschlacht und bekommst ...

robbe [unterbricht unwirsch]: danke, reicht! außerdem glaube ich kaum, dass ich morgen rollenspielern gehe. ich meine, immerhin war ein mädchen hier.

bürzel [verständnislos]: ja und? die wird wohl kaum noch mal wiederkommen und geschweige denn bis samstag dableiben.

robbe: da merkt man mal wieder deine schwuchtelgene. wenn die dipsy weg ist, kann ich doch an dem laken riechen, auf dem sie saß.

bürzel [bewundernd]: da ist was dran. [zögert] ja, kann ich da vielleicht auch kommen?

robbe [überzogen betonend]: du verlierer musst doch auf dem schwuchtelmeeting deine trottelarmee auf stufe sonst was führen. ich denke, du kannst eh nicht?

[bürzel schmollt]

robbe [hat einen einfall – wird blass und heiß und kalt]: nicht auszudenken, wenn sie bei mir pinkeln gehen muss.

bürzel [flehend]: gell, ich darf am samstag kommen? gell, gell, robbe?

robbe: wie viel zeit ist eigentlich noch übrig? vielleicht können wir noch ein loch durch die wand zum badezimmer bohren.

bürzel: besser gleich eine durchreiche. mit einem vorhang, der von ihrer seite aus blind ist. und von meiner aus nicht.

robbe: du meinst wohl von »meiner« seite aus. schließlich bekomme ich die kaution nicht wieder, wenn das mauerwerk mit gucklöchern versehen wurde.

bürzel: von wie viel geld reden wir da ungefähr?

robbe [polternd]: so viel geld kann vater staat gar nicht drucken, als dass es den geplanten anblick aufwiegen würde. her mit dem werkzeug.

bürzel: was für werkzeug?

robbe: panorama-klo-durchreichen-bohrer, was denkst du denn?

bürzel: jetzt echt?

robbe: mit dem schraubenzieher könnten wir doch zumindest mal stochern. vielleicht ist die wand ziemlich gipsig.

bürzel: gipsy!

robbe: ja, und wir sind die dipsy kings.

bürzel [sucht in einem schränkchen, das in robbes bescheidenem appartement steht, einen schraubenzieher, ruft]: apropos, was für musik wollen wir ihr vorspielen?

robbe: hör auf im flur mit brüllen. das kann die hören, wenn die aufm gang ist.

bürzel [verunsichert, spricht weiter, offensichtlich mit der vorstellung, das mädchen stünde hinter der tür und würde ihm zuhören]: tut mir sorry. wie wäre denn zum bleistift die neue pur?

robbe [davon angesteckt, ebenfalls in stilisiertem tonfall]: quatsch keine opern. jetzt sind grunge und crossover angesagt.

bürzel [kommt zurück mit einem kleinen schraubenzieher mit blauem griff, wieder etwas ungezwungener]: hast du denn davon platten?

robbe: ja, nee. halt gerade nicht da.

bürzel: ach.

robbe [aggressiv]: ach!

bürzel: was dann?

robbe: vielleicht radio, was weiß denn ich?

genau acht

KÖNNEN WIR DAS EVENTUELL DRINNEN BESPRECHEN?

[bürzel und robbe rechnen sekündlich mit dipsys eintreffen]

robbe: oh, mir ist schlecht von den austern.

bürzel: komm, das ist nur die nervosität.

robbe: ja, und die schlägt mir halt auf den magen.

bürzel: das hattest du dir ja doch anders gewünscht.

robbe [unglücklich]: ich muss noch mal aufs klo.

bürzel [panisch]: vergiss es, die kommt jede sekunde.

[robbe schwitzt]

bürzel: steck dir einen korken rein. auch um den gestank im zaum zu halten.

robbe [weinerlich]: ich kann nicht mehr. ich kann einfach nicht mehr.

bürzel [selbst beunruhigt, wenig tröstlich]: dir läuft der schweiß ja in strömen von der stirn.

[robbe winselt, windet sich]

bürzel: es ist kurz nach acht. sie muss jeden moment kommen.

robbe: ich halte es nicht mehr aus! [rennt zur toilette, die – genau wie die eingangstür – vom winzigen flur abgeht]

bürzel [angeekelt, überfordert]: herrje, mist.

[türklingel]

bürzel: robbe, äh, es hat geklingelt.

[robbe unverständliches von der toilette rufend, greinend – dann stille. erneutes klingeln]

bürzel [mit einem blackout durchs leere zimmer taumelnd]: äh, die tür.

robbe [dem schicksal ergeben, vom klo]: mach endlich auf.

[bürzel geht unsicher zum eingang, öffnet linkisch, ihm steht nun dipsy gegenüber]

dipsy: hi, ich bin die dipsy aus ulm. ich wohn' erst seit 'ner woche hier. bist du 'n freund von robbe?

bürzel: äh, äh, ich wohn' noch bei meinen eltern.

dipsy: ja, aber ich bin doch schon richtig bei [schaut auf das klingelschild] den robbes?

bürzel: jaha, aber hier wohnt nur der robbe.

[schweigen]

dipsy: können wir das eventuell drinnen besprechen?

bürzel [aufgescheucht, reißt die tür bis zum anschlag auf, mit überspannter galanterie]: ach, ja, jaha, komm doch rein, komm doch rein. der robbe hockt gerade auf dem scheißhaus.

[dipsy guckt irritiert, ein jaulen dringt aus dem einen meter luftlinie entfernten bad]

robbe [raschelt mit toilettenpapier, aus dem klo sprechend]: ich rasiere mich nur gerade. geht doch schon mal in den hauptraum.

bürzel [flehend]: dauert's noch lang, robbi?

robbe [verzweifelt]: geht von der tür weg!

[bürzel folgt dipsy ins zimmer, sie setzt sich, bürzel bleibt im türrahmen stehen]

dipsy: wie heißt'n du?

bürzel: ich bin der bürzel.

dipsy: soso. kommen noch viele?

bürzel: würde mich wundern.

[eine spülung ist zu hören. die toilette wird aufgeschlossen, robbe kommt in den flur, verharrt dort – nicht zu sehen von den anderen beiden. man hört, wie er noch einmal übertrieben tief ein- und ausatmet, bevor er den so genannten hauptraum betritt]

robbe [bemüht]: oh, dipsy. schon da? ich hab' mich gerade in einem der anderen räume aufgehalten.

bürzel: ja, ja, so war es.

dipsy [schaut sich um]: bist du fan von krieg der sterne?

[bürzel gluckst verächtlich]

robbe: hey, die poster sind von star trek. ich bin trekkie.

dipsy: trekkig?

robbe: nein, mann. trekkies beschäftigen sich mit allem aus der star-trek-serie und tauschen auf treffen oder im internet details aus.

bürzel [überschäumend]: ich kann sogar etwas klingonisch.

dipsy: kochen?

bürzel [konsterniert]: ja, nee. sprechen.

dipsy: wo ist klingonisch?

robbe: das liegt im beta-quadranten, und die klingonen sind super aufbrausend, aber haben voll das feeling für archaische mystik und so.

dipsy [lächelt]: ach, das ist auch was trekkiges ... müsst ihr so was denn für die uni wissen?

bürzel: nee, das ist nur voll faszinierend. da sind sehr viele so zukunftssachen, die man sich echt vorstellen kann.
dipsy [teilnahmslos]: och, ja.

careless whisper

HAHAHA?

robbe [aus dessen hosenlatz ein stück des zu unachtsam in die hose gestopften hemdes herausguckt]: äh, ich mach' wohl mal musik an. du magst doch sicher musik?

dipsy: klar.

robbe: wir hören viel crossover und grunge.

dipsy: echt? find' ich ja mittlerweile nicht mehr so gut.

bürzel [fällt ihr fast ins wort]: ach was, ach was! ich auch nicht. ich hör' das auch nicht.

dipsy: ich mag house.

bürzel: echtamente? hausmusik?

dipsy: ja, house music.

bürzel: so do i!

[robbe entdeckt seinen hemdzipfelpenis, dreht sich auf dem absatz weg und bringt das in ordnung]

dipsy: was ist jetzt mit musik?

robbe [dreht sich – nun korrekt bekleidet – wieder um. toll rot im gesicht]: ich mach' dann halt mal was an. [rock!]

dipsy: du hälst doch nicht wirklich »wind of change« von den scorpions für crossover?
robbe [schwitzend]: nicht? ja. na, ist halt bürzels lieblingsband.
bürzel [hysterisch]: nein, nein, nein. ich hab' der dipsy eben schon gesagt, ich mag hausmusik.
robbe [aggressiv]: wer ist denn gestorben, dass du jetzt der musikexperte geworden bist?
bürzel: ich höre wenigstens nicht so ein gitarrengejaule. das ist doch überhaupt keine musik mehr.
dipsy [wundert sich]: ihr seid ja lustig. jetzt kriegt euch mal wieder ein. [schaut robbe an] robbe, hast du was zum saufen da? ich könnte einen vertragen.
[bürzel kichert, als habe jemand einen unanständigen witz gemacht]
robbe [starrt auf den boden, vermeidet es, ihren blick erwidern zu müssen]: och, gerade nichts da. hab' die letzte kiste bier heute eingetauscht. war etwas knapp bei kasse. kennt man ja. oder?
dipsy: und zigaretten?
robbe [treudoof]: nee. aber willst du vielleicht austern?
dipsy [lacht, merkt dann, dass die frage robbes ernst war]: oh, deshalb riecht es hier so nach fisch. für mich aber lieber nicht. die schale knuspert immer so blöd im mund.
[schweigen]
bürzel [reagiert unsicher, sagt]: hahaha?
dipsy [ermutigend]: ja, hahaha!
robbe [tonlos, auf den boden starrend]: wir machen auch oft witze.
bürzel: ja, das stimmt.
dipsy: na, ist doch super. [schweigen] okay. ich lauf' noch mal in meine wohnung und hole zigaretten und meine flasche apfelkorn. [steht auf und geht]

die letzte versuchung robbe

WILLST DU
MEINEN ASPIRATOR
HABEN?

[robbe und bürzel starren ihr nach, starren auf die noch einen spaltbreit offene eingangstür, aus der dipsy gegangen ist]

robbe [wie in trance]: da geht sie.

bürzel: die dipsy.

robbe: eine tolle frau.

bürzel: dito.

robbe [erhebt sich vom bett, geht zum fenster. auf die straße starrend]: sie hat gesagt, du stinkst nach fisch.

bürzel [keifend]: das hat sie nicht gesagt. und das weißt du auch. [schweigen, beide starren auf die tür] sie hat gesagt, du stinkst nach fisch, scheißhausschorsch.

robbe [noch in trance sexueller verzauberung]: lass doch so was.

[besinnt sich] wo hat sie gesessen? [noch während der frage drückt er seine nase in das sofa. exakt an ihrer stelle]
bürzel: du schnupperst ja alles gute weg.
robbe: ja, und wie tue ich das?
bürzel: mit recht?
robbe: mit recht.
bürzel: finde ich zum beispiel jetzt gar nicht.
robbe [schroff]: doch. dieser geruch gehört mir. ich habe ihn entdeckt. ich habe ihre bücher in den karton geworfen. ich habe die austern gegessen.
bürzel: und was hab' ich?
robbe: deinen magier stufe neun.
bürzel: hm, stimmt.
robbe [ärgerlich]: hey, das hab' ich verletzend gemeint.
dipsy [steht in der tür]: hallo, bin wieder da.
robbe [springt aus der hocke vor dem sofa einen meter rückwärts]: na, das ging ja unerhört schnell.
dipsy [skeptisch]: was macht ihr da?
robbe [unsicher]: ach, nur so 'n typisches robbe-und-bürzel-ding. nichts von größerem interesse.
bürzel [hastig]: ganz richtig, robbe-und-bürzel-kram. interessiert niemanden.
dipsy: riecht ihr am sofa, weil ihr denkt, ich stinke?
robbe [laut]: nein, verdammt. ich, ich, äh, habe was gesucht.
bürzel: genau so war es!
dipsy: und was hast du gesucht? nase voraus? etwa trüffel?
bürzel: nein, austernperlen.
[dipsy kichert]
robbe [hastig]: dann wollen wir mal auf dein wohl und deine neue wohnung und das treffen und so anstoßen.
dipsy [kichert]: du scheinst ja große gläser zu haben.

robbe: bitte was?

dipsy [stoppt mit kichern]: schon gut. mögt ihr eigentlich apfelkorn gern? vielen typen ist der ja zu klebrig.

bürzel: ach, weißt du. äh.

robbe: wir trinken gar nicht so oft alkohol.

dipsy [äußerst zweifelnd]: sportler?

robbe [den bauch einziehend]: das, äh, nur gelegentlich.

bürzel: wie meinen?

robbe [verspannt, zu bürzel]: ja, mann. [zu dipsy] ich hab' mir mal so hanteln besorgt. welche zum mit wasser füllen. und zum auf der couch benutzen. ich glaub', die liegen unter dem bett.

bürzel: ach, die dinger.

dipsy: ich habe zu hause auch ein selbst gebatiktes t-shirt, das habe ich noch kein einziges mal angehabt. so läuft's auf der welt. jetzt aber prost! [wedelt mit der flasche]

bürzel [an sie gewandt, angstvoll]: ist das hochprozentiger schnaps, was du uns da gibst?

dipsy [verständnislos]: nee, apfelkorn.

bürzel [noch ängstlicher, flüsternd]: kann man daran sterben?

dipsy: wohl kaum. vielleicht ja, wenn man acht liter ext.

bürzel [hilflos]: da habe ich aber auch anderes gehört. denn jeder verträgt doch eine andere menge. also, ich find' bei so was vorsicht gut.

dipsy [euphorisch]: und ich find': robbe, gläser her!

robbe [trollt sich, murmelnd]: zu befehl, eure dipsygkeit.

[robbe in der küche, klappert mit glas. bürzel im hauptraum klappert mit den zähnen]

dipsy [teilnahmsvoll]: musst du heulen?

bürzel [mit erstickter stimme]: ach. nein.

dipsy [reibt sich die hände]: gleich geht's los.

[bürzel schluckt. schwer. beide warten – robbe bleibt lange weg]

robbe [kommt, hat drei normale gläser dabei und platzt polternd mit offensichtlich in der küche ausgedachtem heraus]: so. hier. normalo gläser. sorry, dipsy. aber meine schnapsgläser stehen noch im laden.
dipsy: ich habe auch nur ein schnapsglas. und das ist seit dem umzug nicht aufgetaucht.
[robbe setzt an zu antworten]
bürzel [kommt ihm zuvor, ungeduldig, schrill]: ja, ja! das schnapsglas ist weg. könnten wir jetzt endlich das mit dem schrecklichen saufen hinter uns bringen?!
dipsy [eingeschnappt]: schon gut, schon gut. [sie schenkt ein. in missverständnis bezüglich bürzels ausbruch füllt sie sein glas bis ganz oben. sich selbst und robbe bedenkt sie mit drei viertel voll]
bürzel [weinerlich]: ich bin zu dünn für solche mengen! [wendet sich hilfe suchend an robbe] nimm du das vollere. bitte!
robbe [wegen seiner korpulenz darauf vertrauend, mehr als bürzel vertragen zu können]: nö.
[bürzel ventiliert hyper]
dipsy [an ihn gewandt]: hast du große schwierigkeiten?
bürzel [bemüht tapfer]: alles okay.
dipsy [hebt ihr glas]: dann los! ex oder nie mehr sex!
[robbe lacht frustriert – alle drei trinken]
dipsy [genüsslich]: ahh!
robbe [zufrieden, einen großen teil auf ex geschafft zu haben]: ein gutes stöffchen.
bürzel [zufrieden, einen winzigen schluck geschafft zu haben, der sogar noch freundlich schmeckte]: super-klasse.
[schweigen]
bürzel [überraschend]: dipsy, du bist gebenedeit unter den weibern!
dipsy [skeptisch]: ach ja?

bürzel: und gebenedeit ist die frucht deines leibes.
robbe [kopfschüttelnd zu bürzel]: trink erst mal so viel wie ich – dann kannst du mitreden.
[bürzel nippt weiter, muss husten]
dipsy: willst du meinen aspirator haben?
bürzel [krächzend, aber sichtlich hocherfreut]: ja, sag mal, hast du denn auch asthma?
dipsy: ja.
bürzel [verliebt]: ist das nicht toll? ist das nicht toll! der robbe hat vorhin ja gesagt, asthmatiker sind wichser.
robbe [entsetzt]: das habe ich nicht!
dipsy: ich find's zum beispiel doof, leute wegen ihrer krankheit fertig zu machen.
bürzel [eifrig]: das erzähl mal dem robbe.
robbe: ich hab' überhaupt nichts gegen kranke. [verzweifelt] ich find', jeder soll nach seiner fasson glücklich werden.
dipsy: mensch, bist du fies!
robbe [noch verzweifelter]: nein, ehrlich. asthma – ich find's gut.
dipsy: ich nicht so.
bürzel: ich auch nicht.
robbe: herrje, dann ich auch nicht.
bürzel [aufgeregt zu dipsy]: kann ich dann mal deinen aspi?
dipsy [kramt in der hosentasche ihrer jeans]: klar. hier.
bürzel [setzt genüsslich seine trockenen lippen an, verschluckt das mundstück fast gänzlich, saugt, schnauft]: ahh, gut!
dipsy [freundlich]: geht dir jetzt einer ab?
bürzel [ertappt, schreit]: nein! natürlich nicht! [flehend] ich hab' doch asthma. genau wie du.
dipsy: war ja nur 'n witz.
robbe: hey, dipsy, die atemmaschine kannste jetzt aber wegwerfen. wo herpesbürzel das ding halb durchgekaut hat.

bürzel [aufbrausend]: das nennt man aspirator. wenn du mal luft brauchst, würde ich bei deinem volumen aber eher 'ne eiserne lunge ordern. [ergänzt] und, dipsy, ich hab' kein herpes. wenn man genau guckt, sieht man: die pickel sind knapp über meiner lippe und nicht drauf!

dipsy [guckt nicht genau, schenkt sich stattdessen ein neues glas ein]: ich hab' das gefühl, ich muss es mir heute voll geben.

robbe [bemüht, sein glas zu leeren]: für mich dann auch noch. [zu bürzel, dessen glas noch fast voll ist] und du, bürzel?

bürzel [zerknirscht]: ich setz' wohl mal 'ne runde aus.

robbe: hä? du hast doch noch gar nicht angefangen, alte memme.

dipsy [beiläufig]: genau, eben hast du noch so danach geschrien. [bürzel würgt das glas hinunter]

robbe [reißt ihm grob das leere glas aus der hand]: so, das war ja noch gar nichts. hier, dipsy, schenk ihm noch mal voll.

bürzel [hysterisch, unter tränen]: lass mich doch gehen, du fettes schwein!

dipsy [peinlich berührt]: hör mal, du musst nicht trinken, wenn du nicht willst.

bürzel: das verstehst du nicht!

robbe: nee, in echt, bürzel. ich kann dir auch ein glas kuhmilch zurechtmachen. vielleicht wäre das eher was für dich.

bürzel [entkräftet]: ich muss hier gar nichts beweisen. die dipsy findet männer mit charakter gut, die nicht so viel wiegen. könnt' ich wetten.

robbe: was weißt du denn schon von dipsy? die ist dir doch ein buch mit sieben siegeln.

dipsy: hört mal, jungs ...

bürzel [unterbricht]: die ist nur hier, weil sie sonst noch niemand kennt. und jedes mal, wenn sie wen neues kennen lernt, werden wir immer einen platz nach hinten rutschen. und warum?

robbe [hakt ein]: weil du so aus dem maul stinkst.

bürzel: ich bin vielleicht kein hygiene-freak, aber zu viel waschen macht zum beispiel auch die haut spröde.

dipsy: hört mal, jungs. nicht dass es mir unheimlich wird, aber könntet ihr wohl von dieser psycho-nummer abstand nehmen?

robbe: das sag mal dem bürzel.

bürzel: ja, ja, wer im scheißhaus sitzt, muss gerade mit steinen werfen.

robbe: du bist wohl nicht mehr ganz dicht ...

dipsy [unterbricht]: apropos, ich geh' mal pinkeln. [steht auf, im gehen] wär' schön, wenn ihr euch in der zeit mal wieder abregt. [verschwindet auf robbes klo]

bürzel [zu robbe]: sag mal, wie redest du denn vor der dipsy mit mir.

robbe [mit einem bestimmenden tonfall, der zeigt, dass er auf einer ganz anderen ebene agiert]: schraubenzieher!

bürzel [von der autoritären ansprache eingeschüchtert]: weiß nicht, wo der ist. was hast du 'n vor?

robbe [jaulend]: ich will da rein! [deutet auf die wand, hinter der sich dipsy nun befindet, beißt sich auf die fingernägel]

bürzel: was die da wohl macht? [legt sein ohr auf ein frisch ausgeschabtes, etwa drei zentimeter tiefes loch in der wand]

robbe [legt das ohr in ermangelung des loches an die wand]: ich glaub', ich hör' was.

bürzel: das war mein magen.

robbe: dann hör auf mit so was. ich muss dipsy pinkeln hören.

bürzel [nach einigen sekunden gespannten lauschens]: ist das eigentlich richtig, was wir hier tun, robbe?

robbe [gereizt]: komm mir bloß so!

bürzel: im kommunions-unterricht hieß es, man kommt in die hölle, wenn man ...

robbe [unterbricht]: kommunion? kann es sein, dass du schon high bist? und jetzt fresse – ich glaub', ich höre rauschen.
dipsy [ins zimmer tretend]: das ist die spülung.
bürzel [entsetzt, von der wand zurückspringend]: er hat mich dazu gezwungen!
robbe: ich bin mit dem kopf gegen die wand gefallen.
dipsy: du fällst gleich mit deinem kopf gegen meine faust!
bürzel [jammernd]: er hat mich gezwungen, ihm den schraubenzieher zu bringen, um eine durchreiche zu bauen, wenn du pinkelst.
robbe [einer ohnmacht nahe]: der bürzel ist schwul!
dipsy: jetzt hört mal zu, ihr rollenspinner: ich weiß nicht, was mit euch los ist. aber ich habe so meine zweifel, ob ich es überhaupt herausfinden möchte.
robbe: das ist ein missverständnis!
bürzel: ja, ja. mit uns ist alles tippi-toppi!
[dipsy trinkt direkt aus der flasche]
bürzel [für alle unangenehm devot]: du trinkst doch nicht aus ärger? weil der robbe dich beim pinkeln beobachten will?

die dipsy kings

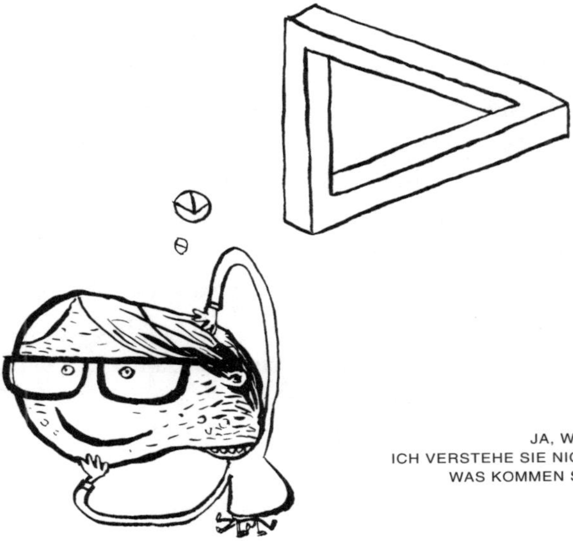

JA, WAS?
ICH VERSTEHE SIE NICHT.
WAS KOMMEN SIE?

dipsy: die wände sind meterdick, ihr habt nur einen schraubenzieher. sagt mal, wie verzweifelt seid ihr eigentlich?

bürzel: verzweifelt beyond believe.

[dipsy schaut ihn fragend an]

robbe: einigen wir uns doch auf ganz schön verzweifelt.

dipsy: habt ihr freundinnen?

robbe [genervt]: ja, klar!

bürzel: in jedem meiner spindeligen stöckchenarme halte ich eine. guck mal. [breitet seine arme im leeren aus]

dipsy [unvermittelt]: für 'n kasten bier zeige ich euch meinen busen.

robbe [bekommt sofort einen blackout]: ja, was? ich verstehe sie nicht. was kommen sie?

bürzel [mit tränen in den augen]: ich habe gar keinen kasten bier.
robbe [in trance]: ich werde gehen. ich werde gehen und einen kaufen. ich hole meine geldbörse, und ich mache das.
bürzel [sitzt auf dem boden und stützt die hände auf seine oberschenkel, selig nach oben blickend]: oh, herr.
dipsy [belustigt]: dipsy an robbe und bürzel: ich bin keine nutte. ich lasse meinen busen unterm t-shirt.
bürzel [freudentränen münden übergangslos in reguläre tränen, lamentierend]: oh, herr.
robbe [in trance]: ich brauche 20 mark, ich gehe zur tankstelle. ich schleppe den kasten hoch. sie zeigt mir den busen.
bürzel [mühsam gefasst, berührt robbe am arm, um ihn aus der nummer rauszuholen]: robbe?
robbe [schrickt auf, sieht bürzel abwesend an]: ja?
bürzel [mit leiser stimme]: es ist vorbei.
robbe [zögernd]: nein. ich muss nur gehen. ich muss nur gehen, einen kasten kaufen ...
bürzel [unterbricht ihn]: nein, dipsy findet es besser, wenn wir ihn nicht sehen.
robbe [von weit weg]: ja? findet sie? ich glaube, ich muss mich einen moment hinlegen. ich bin so müde. so unglaublich müde.
bürzel [schreit dipsy an]: da siehst du, was du angerichtet hast! [schnippt mit zwei fingern mehrfach vor dem völlig reaktionslosen robbe] der robbe ist jetzt innerlich tot.
dipsy [unsicher]: das wollte ich nicht.
bürzel: du bist wie die nato, und wir sind wie die anderen. ich glaub', ihr macht das alles sogar extra.
robbe [tonlos, somnambul]: weil ich fett bin, zeigt die dipsy ihren busen nicht.
dipsy [hilflos]: quatsch doch nicht. ich zeig' allen jungs nicht so einfach meinen busen.

bürzel [wütend aufgesprungen]: wenn wir alec und stephen baldwin wären, hättest du's gemacht!
dipsy [trotzig]: wenn ihr die baldwins gewesen wärt, hätte ich keinen apfelkorn anbringen müssen. dann hätte ich champagner trinken können – serviert auf den rücken von weißen tigern.
bürzel [geifernd]: die baldwins hätten kaum wegen dipsy aus ulm die weißen tiger angeworfen.
robbe [leicht irre]: ich brauche 20 mark, ich gehe zur tankstelle. ich schleppe den kasten hoch ...
bürzel [knufft ihn mit seiner knochigen faust gegen die brust. hilflos]: es ist vorbei, robbe. [robbe reagiert nicht, lächelt entrückt]
bürzel [weinerlich]: robbe?
robbe [durch ihn durch schauend]: ja, mein freund?
dipsy [heult auch]: ich bin in eine fremde stadt gezogen. mir sind die bücher runtergefallen. ich wollte heute doch nur ein bisschen spaß haben. ich kenne hier doch keinen.
bürzel [kalt]: du bist so furchtbar.
dipsy [unglücklich]: ich hab' nichts gemacht. ich war doch nur pinkeln.
robbe [an sie gewandt, ungemein liebevoll]: ja, ja, dipsy. gleich baue ich die durchreiche zu der toilette. du sollst es gut bei uns haben.
bürzel [zu dipsy]: da hast du's! wir haben robbe verloren. und es ist deine schuld.
dipsy [kleinlaut]: ich will heim.
bürzel [grob]: ja, nach ulm, oder was? um die schwäbische rollenspielerszene auch noch zu demolieren? du monster!
dipsy [schnappt sich den apfelkorn]: so läuft das nicht, brillenotzi! das lass' ich nicht mit mir machen. so funktioniert eine gemischte clique nun mal nicht. [steht resolut auf. verlässt das zimmer, das appartement – im gehen] ich hasse euch!

bürzel [folgt ihr, bleibt im rahmen der tür zurück, die dipsy hinter sich offen gelassen hat – schreit ins treppenhaus]: wir können gut auf deinen busen verzichten. wir haben so viel besseres. [knallt die tür, geht zurück ins zimmer, sieht dort robbe, der auf dem bett sitzend seinen oberkörper schön autistisch vor und zurück bewegt]

bürzel [setzt sich daneben, nimmt ihn in den arm. leise]: robbe?

robbe [erschreckend teilnahmslos]: sie ist weg, nicht wahr?

bürzel [flüstert]: ja, das ist sie.

robbe: ihr busen?

bürzel: auch.

robbe: die ziege?

bürzel: ich fürchte, es war nicht ihre schuld.

robbe: könnte ich mir auch gut vorstellen.

noch mehr abenteuer mit super-lupo, pauli und weiteren troubleshootern im ventil verlag:

Linus Volkmann
super-lupo – jeder freund ist anders
Roman
Mit Zeichnungen von Ole Kaleschke
160 Seiten, 11,25 €, ISBN 3-930559-47-1

es schellte. »endlich sommerferien!« jubelte super-lupo, sprang auf und tanzte. wie lange hatte er darauf gewartet? nun ja, eigentlich war er ja arbeitslos und somit jeder tag sommerferien für ihn. doch er mochte es, wenn auch die anderen nichts tun mußten. da fiel er weniger auf.
es war der erste august. alle hatten frei außer den bayrischen kindern. ›die müssen bei der ernte helfen‹, dachte super-lupo. es schellte erneut. oha, super-lupo war ja zu hause, und das läuten der sommerferien-glocke an der tür. super-lupo ging besser mal hin. und er wußte auch, wer da jetzt käme. sein freund, der pauli. und wirklich. es stöhnte ordinär durchs treppenhaus. dann wieder stille. minuten später erschien pauli in der aufgemachten tür. paulis kopf war ganz rot vom angestrengtsein. er trug einen riesigen seesack auf seinem buckel. »verreisen, verreisen!« tönte es unter dem sack hervor ...

und noch mehr:

Linus Volkmann
heimweh to hell
Mit Zeichnungen von Ole Kaleschke
144 Seiten, 9,90 €, ISBN 3-930559-65-X

Kleinteilige Liebe, großflächiger Hass

In dem neuen Geschichtenband »heimweh to hell« von Linus Volkmann geht es absolut hoch her. Protagonisten wie das hemdsärmelige Sensibelchen King Cobra sind sauer auf den Staat und auf ihre autonomen Freunde, die, statt den Bauwagenplatz zu verteidigen, sich nur mit ihren Kontaktbeamten abklatschen. Verdammte Kronzeugenregelung!

Mit dabei auch wieder: das Schicksal der Vorzeige-Nerds Robbe und Bürzel. Es geht ihnen nicht gut, sie wollen wen küssen oder sich sonstwie dem Druck der Gesellschaft beugen, in Liebe sein zu müssen.

Zu guter Letzt sorgen auch die alten Helden super-lupo und pauli wieder für melodramatische Action – Popliteratur, bei der alle anderen einpacken müssen!

außerdem:

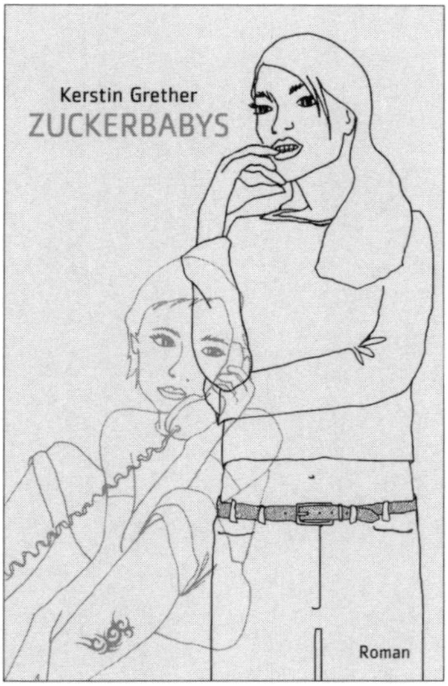

Kerstin Grether

Zuckerbabys
Roman

192 Seiten, 11,90 €
ISBN 3-930559-71-4

»Zuckerbabys« ist ein Roman über das aufregende – und aufzehrende – Leben in der heutigen Casting-Gesellschaft. Alles dreht sich um eine Horde abenteuerlustiger Mädchen, die mehr wollen, als das Leben auf den ersten Blick bereit ist herauszurücken.

Sonja ist besonders hungrig, denn sie will Sängerin werden. Aber da hat sie nicht mit der sadistischen Spannkraft der modernen Medien-Bilder gerechnet. Tag und Nacht hauen sie ihr die bildhübschen, künstlich-mageren Sängerinnen nur so um die Ohren. Bis Sonja taub ist für die Musik und statt Liedern Bilder singt. Bis Sonja durch alle Phasen einer Magersucht gerissen wird.

Eindringlich, lakonisch und voller Humor beschreibt Kerstin Grether die Träume und Albträume ihrer Figuren. Schildert in sehnsüchtig-elegischen Monologen den Schmerz des Erwachsenwerdens, die Suche nach Liebe und Freundschaft, nach Schönheit und Ausdruck. Und gibt in gepfefferten Dialogen Antworten auf Fragen, die leider immer noch tabu sind. »Zuckerbabys« ist aber auch ein Buch über und in der Sprache von Popsongs.

Judith Holofernes (Wir Sind Helden) über »Zuckerbabys«:

»Zuckerbabys dürfen selbstverständlich keinen Zucker essen - sonst werden sie zu groß und unniedlich. Und Träume, besonders Pop-Träume, dürfen nur die Niedlichen leben. Das weiß Sonja, und weil sie nun mal singen will, hungert sie sich klein, um endlich groß sein zu dürfen. In einer euphorischen Sprache, die so bissig, sprunghaft und schwebend sein kann wie verhungernde Gedanken, erzählt Kerstin Grether von einem unserer populärsten Albträume.«

Dirk von Lowtzow (Tocotronic):

»Ein wundervoll poetisches Buch für alle, die Humor haben und trotzdem Ernst verstehen.«

und:

Nach sechs Stunden erreichen wir Antwerpen. Den Tourrider (das Ding, wo die Wegbeschreibung drin ist) hat Jan Müller leider absichtlich in Hamburg vergessen. Aufgrund kompetenter und netter Antwerpener Hoteliers (»Do you speak English?« – »Ja, ich spreche Deutsch.«) wird der Club Monthy umgehend gefunden, für gut befunden und das Ausruhen unterbunden. Reinhauen, aufbauen, aufschrauben, umschauen. Sieben Fünftel des Rock Over Belgien zieht es an einem frühsommerlichen Tage in dunkle Seitenstraßen: »Entschuldigen Sie, wir hätten gerne halbgare Pommes mit ausgeflippten Saucen.« – »Kommt sofort.«

Thees Uhlmann

Wir könnten Freunde werden
Die Tocotronic-Tourtagebücher

144 Seiten, 11,25 €
ISBN 3-930559-79-X

Thees Uhlmann, Freund, Fahrer und Roadie der Band Tocotronic, hat während der ausgedehnten Live-Touren des Jahres 1999 zur K.O.O.K.-Platte im Auftrag der Band ein Tagebuch geführt.

Aus der Insiderperspektive zeichnet Uhlmann ein hautnahes Bild vom Leben auf Tour zwischen Tränen, Alkohol, Autobahnraststätten und Nahrungsverweigerung.

Mit einem Vorwort von Arne Zank.

»Ein menschlicher, schnoddriger und persönlicher Blick hinter die Kulissen. Und es beweist, daß eine der unterbewertetsten und wichtigsten Berufsgruppen der Roadie ist.« (Radio Fritz/ORB)